M A R O .

Daniel Dubbe

UNDERGROUND
oder Die Bewährung

MaroVerlag

1

Der Wohnungsmakler saß schmerbäuchig und unrasiert, mit offenem Hemdkragen und in Hosenträgern, hinter seinem Schreibtisch. Vor mir war ein Kerl an der Reihe, der wohl aus dem St. Pauli-Milieu stammte, denn er raunzte: »Alter? Adresse? Beruf? Einkommen? Was soll der ganze Quatsch? Hauptsache, ich bin hier!«

Kurz darauf unterzeichnete ich meinen Mietvertrag, und die Schlüssel für die erste eigene Wohnung kamen über den Tisch geschlittert. Die Adresse lautete Gilbertstraße 18 parterre rechts. Die Wohnung hatte vier Zimmer, zwei davon schauten zur Straße raus, die anderen beiden zum Hof, wo zwischen zwei Birken noch die Wäscheleine des Vormieters baumelte. Alle Räume waren mit grauem Teppichboden der billigsten Sorte ausgelegt, aber dafür hielt sich der Mietpreis auch in Grenzen. Es gab einen langen Flur mit modernen, in die Decke eingelassenen Strahlern. Ich hatte vor, Schriftsteller zu werden, und weil mit Einkünften zunächst einmal nicht zu rechnen war, musste ich die Festkosten niedrig halten. Jetzt, Anfang Januar, wirkte alles ein wenig kalt, trostlos und verlassen. St. Pauli war nicht abgehoben genug, zu übel beleumundet und viel zu schäbig, um als Wohngegend wirklich »in« zu sein. Der Starclub hatte zugemacht, ins Top Ten ging ich nur noch selten, und andere Etablissements wie das Speak Easy mit seiner Tanzfläche aus Edelstahl, wo Drogengenuss nicht verboten, sondern erwünscht war, hatten nur eine kurze Blütezeit erlebt.

Eigentlich hatte ich was anderes mit der Wohnung im Sinn. Ich erzählte niemandem davon, aber fürs erste brauchte ich einen Mitbewohner. Er sollte nicht zu ehrgeizig, nicht zu zielstrebig sein, dafür aber intelligent und einfühlsam, »künstlerisch veranlagt« wäre auch nicht von Nachteil. Ein Gesuch in dieser Art pinnte ich ans Schwarze Brett des Philosophischen Seminars, und kurz darauf meldete sich ein junger Mann, auf den alle Punkte meiner Wunschliste zutrafen, wie sich nach und nach erweisen sollte. Was man brauchte, fiel einem in diesen Tagen eben noch in den Schoß.

Alfred hatte sein Medizinstudium, zu dem ihn seine ehrgeizigen Eltern überredet hatten, nach zwei Semestern abgebrochen. Die Herrenwitze der Medizinprofessoren hatte er nicht lustig gefunden, das arrogante Gebaren der Chefärzte hatte ihm nicht gefallen, und die Vorstellung, bald übungshalber an Leichen herumschnippeln zu müssen, trieb ihm den Angstschweiß auf die Stirn.

Alfred neigte mehr dem Schöngeistigen zu und schrieb sich deshalb lieber für Literatur und Philosophie ein. Allerdings ging er selten zu Vorlesungen und kaum je in die Seminare. Es war, wie ich bald merken sollte, seine soziale Ader, seine kommunikative Art, die ihn daran hinderte, sich näher mit dieser mönchischen Disziplin zu befassen, die Literatur genannt wird.

Schon als ich das erste Mal mit Alfred sprach, hatte ich das Gefühl, dass sich meine Gegenwart durch ihn belebte und interessanter wurde. Seine aufmerksame Art machte ihn mir sympathisch, weil die meisten Menschen sich umgekehrt verhielten, alles kleinredeten und ihr Gegenüber auszuschalten versuchten. Alfred war tatsächlich präsent, er lebte im Moment, während die meisten anderen – mich inbegriffen – häufig woanders waren, zum Beispiel in einer Zukunft, auf die sie hinarbeiteten.

Abgesehen von dieser Begegnung mit Alfred hatte ich auch noch in anderen Alltagsdingen Glück. Im Mietvertrag stand »Wohnung mit Heizung«, neue Heizkörper waren auch schon eingebaut worden, funktionierten aber nicht, weil die Zuleitungen fehlten. Aus irgendeinem Grund kamen die Vermieter mit den Arbeiten nicht nach, und da das Mietobjekt den vereinbarten Konditionen nicht entsprach, wurde nur die niedrigere Miete einer Wohnung ohne Heizung fällig.

Außer der von Alfred kassierte ich bald noch eine zweite Untermiete. Ein Werbemanager, den ich von meiner letzten Tätigkeit her kannte, überwies monatlich einen passablen Betrag für das unbewohnte, das größte Zimmer, das er mit seiner Geliebten aufsuchen wollte. Das hatte er jedenfalls vor. Das Zimmer war in einem warmen Gelbton gestrichen, genauso wie die Kreativetage in der Werbeagentur. Er kam allerdings nie.

2

Ich traf Maya im Hinkelstein, einem Kellerlokal in der Nähe der Universität. Sie war aber nicht mit mir, sondern mit dem Lokal verabredet. Ihr Ziel: sich volllaufen zu lassen. Ich fand sie faszinierend. Sie hatte sich von ihrem Freund getrennt, das bedeutete aber noch lange nicht, dass sie jetzt in meine Arme flüchtete.

Ich setzte mich auf den Barhocker neben ihrem und versuchte mit ihr zu sprechen, was schwierig war, denn sie antwortete unwillig und einsilbig. Aber nach zwei, drei halben Litern Bier wurde sie gesprächiger und berichtete mir, dass sie in der letzten Zeit viele verschiedene Männer gehabt habe und dass sie »das alles« aber nicht befriedige. Beiläufig erwähnte sie einen US-Amerikaner, an dem alles groß gewesen sei. »Ich dachte, ich sehe nicht recht … Er hat mir richtig wehgetan … Hat im Haus herumgepoltert, dass es mir peinlich wurde vor meinen Schwestern … Die Männer wollen alle, dass ich ihnen was gebe … Labern mir die Ohren voll mit ihrem Scheiß und erwarten, dass ich es ändere«, klagte sie.

Dann nahm sie einen tiefen, resignierten Schluck aus ihrem Bierglas und schaute dabei knapp an mir vorbei wie Faye Dunaway oder Greta Garbo – mit diesem ganz großen Ausdruck weiblicher Verlorenheit. Über meine Empfindungen bei ihren intimen Geständnissen machte sie sich allerdings keine Gedanken. Ich fühlte mich ertappt, denn ich war auch einer der »Typen«, die mit ihrer Hilfe die eigenen Probleme zu lösen hofften. Was sie alles angestellt hatte und mit wem sie zusammen gewesen war, wollte ich eigentlich nicht wissen.

Es verletzte mich, davon zu erfahren. Ich bewunderte zwar ihre Ungezwungenheit und ihre Freiheit billigte ich ihr natürlich zu, aber sie tat mir auch leid, weil sie sich anscheinend unglücklich fühlte bei all dem. Ich allerdings tat ihr überhaupt nicht leid. Wenn doch, so zeigte sie es jedenfalls nicht. Sie hatte keine sehr hohe Meinung von sich und begriff deshalb nicht, warum einer wie ich zu bedauern sein sollte, nur weil er die meiste Zeit ohne sie auskommen musste.

Das Lokal Hinkelstein war ein Satellit des Cosinus, wo die Elite der Undergroundszene verkehrte, obgleich die, die vielleicht dazu zählten, sich gar nicht als Elite sahen oder sich nur heimlich für etwas Besonderes hielten.

Wenn das Cosinus spät in der Nacht schloss oder man schon vorher das Bedürfnis nach einem Tapetenwechsel verspürte, schlenderte man hundert Meter die Straße runter bis zum Hinkelstein. Wie schon der Name andeutete, ging es dort etwas ruppiger zu.

Maya kam nie ins Cosinus. Sogar sie anzurufen war harte Arbeit. Nachdem sie ihren Namen genannt hatte, schwieg sie. Ihr Schweigen wirkte bedrohlich, aber auch vielsagend. Eigentlich brauchst du mich nicht anzurufen, schien sie zu sagen, aber wenn du es schon tust, dann lass hören, was du zu bieten hast, obgleich mir das andererseits, wie du weißt, auch nicht helfen wird.

Sie schien auf einer bestimmten Welle zu funken, mit der andere besser zurechtkamen als ich. Frank zum Beispiel kannte sich mit der »Betreuung« solcher extrem gutaussehender, aber leider leicht gestörter junger Frauen bestens aus. Er liebte es, Kino zu machen, das heißt den Helden zu spielen, wo immer er saß, stand, lag oder fuhr. Natürlich fand sie das witzig. Sie lachte sogar.

Ebenso wie sie sich freute, als ich eines Nachts im Hinkelstein vor Verzweiflung und vor Ratlosigkeit meine Zigarette zu verspeisen begann. Als ich fast damit fertig war und nur noch ein kleines Stück zwischen meinen Lippen rausragte, zückte sie ihr Feuerzeug und gab mir Feuer! Sie besaß den sarkastischen Humor der geborenen Untergeherin. Ich war in ihrer Gegenwart so geduldig, dass ich bis zur letzten Bestellung durchhielt, um mich neben sie ins Taxi zu schmuggeln. Sie machte mir keine Hoffnungen, schickte mich aber auch nicht weg.

Wenn ich allerdings gegangen war und das Haus verlassen hatte, so war es ein schweres Stück Arbeit, wieder in ihre Nähe zurückzufinden. Es war plötzlich so, als würde sie auf einem anderen Planeten leben.

3

Christel befand sich in einer viel misslicheren Lage als ich, und eigentlich hätte sie sich am Boden zerstört fühlen müssen. Ihr Freund hatte sie während ihrer Schwangerschaft laufend mit anderen Frauen betrogen. Als intelligente Frau war sie davon nicht wirklich überrascht worden, denn dieser Freund war immer schon ein notorischer Womanizer gewesen.

Er fuhr ein weißes Mercedes-Cabrio, ähnelte Paul Mc-Cartney vom Aussehen her wie auch durch sein immer strahlendes Lächeln und bewohnte einen Dachboden von mindestens acht Kammern am Mittelweg. Dieser junge Mann war gar nicht anders vorstellbar als in Damenbegleitung. Er ging sogar mit dunkelhäutigen Mädchen, die aus London oder Paris kamen – diese Sorte Mädchen, die unnahbar wirkten, aber auf ein Mercedes-Cabrio reagierten wie ein Automat, in den die passende Münze eingeworfen worden war.

Ich fand nicht, dass Christel zu ihrem Freund passte, und es wunderte mich andererseits auch nicht, dass ihm während ihrer Schwangerschaft zu Hause langweilig geworden war. Er schien von Natur aus ohne nennenswerte Hemmungen zu sein und war immer in seinem Cabrio unterwegs gewesen. Das Übrige ergab sich von selbst. Gleich nach der Geburt ihres Kindes zog Christel zu ihrem früheren Freund, einem Studienrat, der gerade dabei war, zu habilitieren, um Professor an der Universität zu werden.

Auf mich wirkte Christel keineswegs deprimiert, sie war ganz im Gegenteil immer in äußerst fröhlicher Stimmung. Ich weiß nicht, ob ihr heiteres Gemüt charakterbedingt war oder ob es daran lag – vielleicht zusätzlich noch –, dass sie sich in mich verliebt hatte?

Jedenfalls suchte sie meine Nähe, und auch ich fühlte mich in ihrer sehr wohl. Es machte ihr gar nichts aus, sich meine unaufhörlichen Klagen Maya betreffend anzuhören: Meine Gefühle stimmten nicht mit meinem Verstand überein, meine Vernunft nicht mit meiner Leidenschaft, Maya hatte sich wieder mal gemein benommen, aber sie war auch ungewöhnlich und so weiter. Christel fand das interessant, unterhaltsam, was weiß ich. Sie nahm Anteil. Sie war eine Intellektuelle, und ich konnte mich ihr gegenüber frei äußern, ohne auf eine Beschränkung zu stoßen.

Anfangs hatte ich keine Ahnung, warum sie mich immer wieder treffen wollte. Ich merkte nur, dass wir unbegrenzt Redestoff hatten und dass ich mit ihr nicht nur über meine emotionalen Verstrickungen, sondern auch über meine literarischen Ambitionen sprechen konnte. Ich verfolgte keine Absichten und hatte nicht den Hauch einer Idee, mich mit ihr in die nächste ernsthafte Affäre zu stürzen.

Stattdessen verguckte ich mich lieber in eine dünne Brünette, die als Buchhändlerin bei Gernot Elmenhorst tätig war. Ich war so fasziniert von ihren kindhaften, schmalen Hüften, dass mir gar nicht auffiel, dass ich nicht zwei vernünftige Sätze mit ihr austauschen konnte. Zusammen mit ihrer Freundin Christine lud diese Irina mich ein, sie auf einer Fahrt nach Torremolinos zu begleiten – in Christines altem VW-Käfer.

Torremolinos! Ich musste verrückt sein, aber genauso verrückt war mein Fluchtimpuls und die Hoffnung auf die schmalen Hüften dieser Irina. Ich erinnere mich nicht meh, wie wir durch halb Europa bis in dieses Hotelzimmer in einer kleinen südspanischen Stadt gekommen sind. Es lag in einem alten Haus und war groß mit hohen Fenstern.

Christine, Irina und ich, wir hatten jeder ein Bett für sich. Ich schlief allein in meinem Bett, und genau das machte Irina mir am nächsten Tag zum Vorwurf. Sie war eingeschnappt, weil ich mich nicht um sie gekümmert hätte. »Aber wir waren doch zu dritt in einem Zimmer!« »Na und, was spielt denn das für eine Rolle?« Ja, und außerdem war die Wunde an meinem Penis noch nicht verheilt, ich wollte nicht riskieren, dass sie aufplatzte. Ich hatte eine kleine Operation hinter mir, nachdem ich mir bei einem Analverkehr das Frenulum angerissen hatte, was sehr schmerzhaft gewesen war. Aber noch ein, zwei Nächte Geduld, und Irina und ich konnten glücklich sein. Doch das sagte ich ihr nicht. So redete ich nicht. Damit konnte ich mich nicht entschuldigen, denn ich hatte ihr nichts von meinem Handicap erzählt! Es war mir peinlich gewesen, ich schämte mich. Statt sie mit der schönen Geschichte meines Missgeschicks zu erfreuen, ließ ich sie im Ungewissen.

Sie aber dachte, ich sei zu blöd, um meinen begehrlichen Blicken auch Taten folgen zu lassen, und ließ mich schon in der ersten Nacht in einer Bar von Torremolinos stehen, um mit einem anderen zu verschwinden.

Mein Hotelzimmer in Torremolinos lag direkt über einer Kneipe. Dort spielten sie nachts immer und immer wieder den gleichen Song: »My Sweet Lord«. Natürlich war der Song gut, aber nicht mein Geschmack.

Ich ging ins Badezimmer, wo es etwas leiser war und betrachtete mich im Spiegel. Ich hatte allen Grund, an mir zu zweifeln. In meinem Gesicht waren rote Flecken zu erkennen. Hier einer, da einer. Plötzlich war mein gesamtes Gesicht mit rotem Ausschlag bedeckt. Ich sah aus wie der Halslappen eines Truthahns.

Ruhig Blut, sagte ich mir. Du hast Drogen genommen. Was heißt Drogen? Nicht langweiliges Heroin oder stumpfsinniges Gras, sondern die Königin aller Drogen: LSD.

Diese beliebt ihre Scherze mit dir zu treiben. Ich betrachtete mich lieber nicht mehr im Spiegel, sondern ging zum Strand und setzte mich am Wasser in den Sand. Aber auch das Meer war unfreundlich zu mir. Es erschien mir wie eine bösartige blaue Wand.

4

Das Seltsame an Christel war, dass sie niemals ihre Perücke abnahm. Dabei hatte sie hübsche blonde Locken, trug aber immer diese glatte Braunhaarperücke, mit der sie ein bisschen wie Anna Karina in »Pierrot le fou« aussah. Mich störte ihre Aufmachung nicht, folglich fragte ich sie auch nie nach Ursache und Grund ihrer Verkleidung. Die Perücke war so gemacht, dass sie nicht künstlich wirkte. Da ihre eigenen Haare, wie gesagt, genauso hübsch waren, überdeckte diese Perücke auch kein Handicap wie etwa Schuppen oder durch Chemotherapie erzeugte Kahlköpfigkeit. Nein, nein, nichts dergleichen, Christel war gesund und guter Dinge.

Sie war eine intelligente und selbstsichere Frau, die mir gut tat. Plötzlich hatte es den Anschein, als ob man sich über alles verständigen könnte. Bei anderen Zeitgenossen stieß ich regelmäßig auf unüberwindliche Blockaden. Aus Christels Sicht war ich vermutlich ein liebenswerter Romantiker, der auf seinem individuellen, persönlichen Ausdruck beharrte. Warum sollte ich etwas sagen, was ich nicht sagen wollte? Ich war für konsequenten Subjektivismus mit einer Beimischung von Skepsis, die mir anscheinend angeboren war. Als angehender Literat konnte ich gar nicht anders denken. Sie war intelligent genug, das zu begreifen.

Christels Freund Stefan Aust war klein, langhaarig und im Journalismusgeschäft tätig. Er schrieb für *konkret* und für die *St. Pauli Nachrichten*, ein Wochenblatt, mit einer 400.000er Auflage. Das Geschäftsmodell »sex sells politics« funktionierte. Ein Sexblatt wie die *St. Pauli Nachrichten* ließ sich mit politischen Artikeln aufwerten, ein Politmagazin wie *konkret* durch Fotos leicht bekleideter Mädchen attraktiver gestalten. Etwas in der Art hatte es bisher noch nicht gegeben.

Stefan war mir sympathisch. Er war von der gleichen hellen, optimistischen Geistesart wie Christel. Nur seine Berufsbezeichnung gefiel mir nicht. Er nannte sich einen »Nachrichtenhändler«. Was immer das in allen Einzelheiten bedeuten mochte und welche Fähigkeiten man zur Ausübung dieses Berufes benötigte – was ich auf gar keinen Fall sein wollte, war ein »Nachrichtenhändler«.

Ich wollte überhaupt kein Händler sein. Waren Henry Miller oder Rolf Dieter Brinkmann etwa Nachrichtenhändler gewesen? Gab es irgendeinen Nachrichtenhändler vergangener Tage, an den man sich ehrfürchtig erinnerte? So viel ich wusste, nicht.

Mir war also schleierhaft, wieso man einen derartig aussichtslosen Beruf ergreifen und auch noch stolz auf diesen Missgriff sein konnte. Christel schien meine törichten Einwände gegen den Journalismus so sexy zu finden, dass sie mich ins Bett zog, aus dem sie echauffiert, aber mit heiler Perücke wieder herauskletterte. Meistens kam sie nachmittags vorbei, weil sie sich abends um ihr Baby kümmern musste oder an ihren Artikeln schrieb, keine Ahnung.

Christel war ein wahrer Segen für mich, ein wirklicher Halt. Ich war stolz, eine so kluge Freundin zu haben. Meine labile psychische Situation erhielt durch sie eine nicht zu unterschätzende Stütze. Sie promovierte über das Gesamtwerk von Arno Schmidt, allerdings war ihre Arbeit ins Stocken geraten, seitdem der dumme Heideeremit seinen neuen, mehrere Kilo schweren Wälzer auf den Markt geworfen hatte. Keiner meiner künstlerischen Mitstreiter, nicht einmal C.C. Cohn, konnte Christel in Verlegenheit bringen. Was immer dieser Provokateur an Anzüglichkeiten hervorbringen mochte, wurde von ihr locker retourniert, sodass Cohn, der meistens mit Mädchen ohne Abitur, entlaufenen Fürsorgezöglingen, ja, Mädels ohne Hauptschulabschluss unterwegs war, sie respektierte.

Christel spielte in einer anderen Liga. Sie dinierte mit Werner Herzog und Burkhard Driest. Meine Erlebnisse aus dem Underground nahm sie interessiert und amüsiert zur Kenntnis, ebenso wie ich verwundert von ihr erfuhr, dass Ike seine Tina einsperrte und verprügelte und dass Leonard Cohen von sich meinte, überhaupt nicht singen zu können.

5

Alfred war an Büchern, an Literatur interessiert, aber nur als Leser, während ich zwar auch eine Menge las, aber vor allem Schriftsteller sein wollte. Sein fehlender Ehrgeiz passte gut zu mir, denn ich litt an einem Übermaß dieser Tugend oder Untugend. Noch einen von meiner Sorte in derselben Wohnung hätte ich nicht ertragen können. Meine manchmal panische Ungeduld ergab sich aus dem Gefühl, zu spät dran zu sein. Ich ging schon auf die dreißig zu und hatte noch keine Zeile zu Papier gebracht, nicht einmal das kleinste Fragment.

Andere hatten in meinem Alter schon ein bedeutsames Werk vorgelegt und wurden landauf, landab von den Feuilletons in den Himmel gelobt. Gut, es existierte das eine oder andere Bonmot von mir wie zum Beispiel: »Am Wochenende haben die Leute frei, die nicht frei sind.« Oder: »Eine Bahnstrecke kann man einstellen, mich aber nicht.« Aber damit wollte ich nur ein bisschen angeben und meine Freiheit und Ungebundenheit demonstrieren.

Alfreds völliger Mangel an Zielstrebigkeit gab mir zwar Rätsel auf, doch andererseits hatte ich mir ja genauso einen Mitbewohner gewünscht, und außerdem wurde sein Manko, wenn es eines war, durch eine echte Begabung zum Müßiggang ausgeglichen.

Sein Alltag war genau durchdacht. Er schlief lange, frühstückte ausgiebig und telefonierte viel. Er ging weit häufiger vor die Tür als ich, nämlich jeden Abend. Er unterhielt sich eben gern mit Menschen, am liebsten mit weiblichen Menschen, für deren Gemütsverfassung er sich besonders zu interessieren schien. Ich dagegen hatte kein so ausgeprägtes Bedürfnis, mich unter die Leute zu mischen. Meistens fiel mir in ihrer Gegenwart nichts ein. Ich war eben nicht kommunikativ. Ich wusste meistens nicht, was ich reden sollte, wenn ich im Cosinus stand oder saß, was ein- oder zweimal die Woche vorkam.

Für mich war es ein Triumph, immer mal wieder zu Hause zu bleiben. Ich besaß nicht einmal einen Fernseher. Es störte mich überhaupt nicht, wenn nachts um drei der Schlüssel im Türschloss gedreht wurde und Alfred, natürlich in Begleitung, die Wohnung betrat. Ich hörte ihn den Flur runterklappern in Richtung Küche, wo er Kaffee kochte, dann zurück in sein Zimmer, aus dem bald leise Musik ertönte.

Alfred erwies sich als der ruhende Pol unseres Haushalts. Er war immer für ein Gespräch zu haben, als wolle er seiner Philosophie Ausdruck verleihen, die wichtigste Beschäftigung junger Männer sei es, am Tag stundenlang miteinander zu plaudern. Alfreds Vater war Ingenieur, seine Mutter Pädagogin, und seine Schwester hatte einen Gutsbesitzer geheiratet. Ich begriff Alfreds Schlendrian trotzdem nicht ganz: dass er sich durchschmuggeln wollte, ohne etwas Außergewöhnliches zu leisten. Er selbst sah das gar nicht so. Seiner Ansicht nach verschob er etwaige Fleißexzesse oder Examina nur auf später.

Sein mangelnder Ehrgeiz wirkte beruhigend auf mich. Ich bewunderte ihn sogar dafür und fand seine Einstellung vorbildhaft. Wie wäre eine Gesellschaft beschaffen, in der die Leute nichts anderes anstrebten, als ruhig, gelassen, zuvorkommend dahinzuleben?

Alfred war mir nützlich, weil ich dank ihm in meiner unmittelbaren Nähe jemanden hatte, von dem ich mich abhob.

Wenn ihm danach war, setzte er sich ans Klavier und spielte ein wenig zu seinem Vergnügen und zu seiner Entspannung. Er ließ sich treiben. Am Wochenende wurde gekocht, seine Freundin kam zu Besuch, sie war Schauspielerin. Am Montag, wenn sie wieder in ihrem Schauspielhaus war, zog er los, um eine andere Frau kennenzulernen, was ihm nicht selten gelang, weil er gut aussah, kräftig gebaut war und tiefbraune Augen besaß, die manchmal etwas bohrend guckten, was man ihm aber gern verzieh, weil er intelligent und dazu auch noch einfühlsam war. Außerdem schien er geduldig zu sein, das genaue Gegenteil von mir.

Ich war ungeduldig und neigte zum Jähzorn. Bei mir musste alles sofort passieren. Auch wenn ich schrieb, wollte ich das Ergebnis auf der Stelle. Wenn Alfred es doch einmal mit der Literatur versuchte, was gelegentlich vorkam, so wurden seine Sätze, je mehr er an ihnen arbeitete, desto länger, komplizierter, unübersichtlicher und vor allem unanschaulicher.

Ich fand, dass es das Beste sei, wenn ich nur eine Fassung schrieb, und abgesehen von den Tippfehlern musste die es dann sein. Es kam darauf an, sofort konkrete und ungewöhnliche Aussagen zu treffen. Ich wollte mein gegenwärtiges Bewusstsein abbilden und in Worte übersetzen. Im Grunde wusste ich nicht, was ich schreiben sollte, nur was ich erfassen wollte, das wusste ich: den jeweils gegenwärtigen Moment.

Der wunde Punkt in unserem Haushalt war die Küche. Es gab dort weder eine Spülmaschine nach ein passables Waschbecken. Die Wände waren feucht. Die Tapeten hingen nass herunter und schimmelten vor sich hin. Verständlich, dass wir die Küche nur betraten, wenn wir mussten. An der Tür zum Flur stand ein großer Tisch. Auf diesem Tisch stellten wir das gebrauchte Geschirr ab. Auch die Kühlschrankoberfläche musste für schmutziges Geschirr herhalten. Wenn wir auf dem langen Flur Fußball spielten, konnte es passieren, dass der scharf geschossene Ball in einem Stapel schmutzigen Geschirrs landete.

6

Bevor C.C. Cohn persönlich mit mir bekannt wurde, war er schon ein Mythos. Es gab Geschichten über ihn, die überall in unseren Kreisen erzählt wurden. Unter den Gästen des Top Ten war auch ein Spross der Bismarckdynastie, ein junger Lebemann, Pink genannt. Dieser nahm den jungen Cohn häufig mit ins fürstliche Schloss nach Friedrichsruh. Cohn behauptete, das Rennen in seinem offenen alten Jeep gegen Pinks Rolls Royce und selbst gegen dessen Ferrari immer gewonnen zu haben.

Während eines Five o'Clock Teas im Sachsenwaldschloss hockte Cohn mit einer Teetasse in der Hand auf dem Kanapee und unterhielt sich. Der sich nähernden Fürstin Bismarck reichte er nicht etwa die Hand, sondern, ohne sich zu erheben, fröhlich grinsend den Fuß. Keine Ahnung, ob er noch mal eingeladen wurde.

Ich weiß auch nicht, wo ich Cohn zuerst begegnet war. Hockte er in einem dunklen Raum voller aufsässig gestimmter Leute und hielt aufrührerische Reden? Brauste er mit flatternden Mantelschößen im offenen Jeep um die Ecke, atemlos und unbändig dem Glück des Augenblicks nachjagend? Vermutlich kam er irgendwo hereingeschlendert.

Cohn zog noch häufiger um als andere. Die erste von den zahlreichen Behausungen, an die ich mich im Zusammenhang mit ihm erinnere, ist die Fernsicht Nr. 1, eine leer stehende Villa, eine der besten Adressen. Von dort aus hatte man einen freien Blick über die Außenalster und sah die Türme der Stadt in der Ferne. Die Villa war damals ein Objekt für Squatter,

»Hausbesetzer«, obgleich man diese Bezeichnung noch genauso wenig kannte wie den juristischen Tatbestand. Es gab keine Kläger und also auch keine Beklagten. Cohn wohnte in diesem einst pompösen, jetzt heruntergekommenen Haus und mit ihm eine vierzehnjährige Ausreißerin, Tina, die ich später selbst kennenlernen sollte.

Bei einer unserer nächsten Begegnungen hatte er eine kleine Wohnung in den Falkenriedterrassen in Eppendorf. Er hatte in der Küche einen Tisch unters Fenster geschoben und arbeitete an seinem Epos »Regenwald«. Ein Abschnitt war »Minderjährige Affenhorden« betitelt, ein anderer »Augen aus Wolfsgebell«.

Cohn war gerade aus Jamaika zurück, und er hatte die Rückreise genutzt, um sich die Stiefel voll Ganja zu stopfen. Bei der Passkontrolle scherte sich niemand um diesen Einreisenden mit dem Strahlenkranz von Afrolocken ums Haupt. Er trug ein Hawaiihemd und eine offene Kamera vor der Brust. Sein Haar und seine nackten Oberarme glänzten vor Kokosöl. Kein Zöllner verfiel auf die Idee, die Schaftstiefel dieses Karibiktouristen zu untersuchen, zumal diese unter einer langen Hose verborgen waren. Auch Drogenhunde waren noch nicht geboren. Auf Jamaika rauchte man aus riesigen Tüten, die aus einer Art Packpapier braungrauer Färbung gedreht wurden. Cohn hatte auch diese Art Zigarettenpapier dabei.

Um auf sein Epos »Regenwald« zurückzukommen – der Titel war gut gewählt, denn das Elaborat wucherte barock, geil und zügellos in alle Richtungen, Cohn kam vom Hundertsten ins Tausendste.

Das Werk war im Ganzen gesehen nicht zu fassen! Wenn er daraus rezitierte, schien es einen geheimnisvollen, schwer erkennbaren Sinn zu enthalten.

Auf der Matratze im Nebenzimmer hockte eine Blondine. Sie sagte nicht viel, vermutlich, weil sie sowieso nicht begriff, was hier vorging. Wer immer sie sein mochte, ich beneidete ihn um sie, denn sie hatte sich von ihm beeindrucken lassen. Ich klaubte einige Seiten, die aus einem Stapel vollgeschriebener Blätter herausgerutscht waren, vom Boden auf und entzifferte folgendes: »Meine Damen und Herren, darf ich sie höflichst darauf aufmerksam machen, dass die Spinne immer noch die Fliege frisst, ohne den Gedanken des Kühlschranks mitzuproduzieren?« Himmel, hörte sich interessant an, aber was wollte er zum Ausdruck bringen? Das ließ sich nicht immer herausfinden. Oder, na ja, die Spinne lebte in der Gegenwart. Sie legte sich keine Vorräte an.

Cohn hatte einen Hang zur Philosophie, war aber zugleich sehr unsystematisch. »Zu Ende gedachte Gedanken sind lächerliche Handschellen, die meine Leidenschaft ins Polizeipräsidium verfrachten«, war seine Meinung. »Noch ist meine Straße der Hinterhof des Untergangs. Ein arbeitsloser Einunddreißigjähriger bin ich, der *fühlt*.« Auf einem anderen Blatt, das ich aus einem Stapel herauszog, redete er vom Idealismus, der artig und bieder in die Parteiräume der Kämpfer trete und sich schamlos als der Herr Materialismus ausgäbe, und Cohn zitierte Arthur Rimbaud: »Ich kann jetzt sagen, dass Kunst Dummheit ist.«

Die Stelle mit dem Idealismus gefiel mir gut, weil Cohn schlau genug war, um einzusehen, dass der modische, rechthaberische Materialismus ein Ideengebäude war, das auf sehr wackligen Fundamenten ruhte. Die Millionen von Toten, die dieses Experiment gefordert hatte, wurden einfach übersehen.

Rimbaud in Abessinien, was ihn anging – mit seinem Goldgürtel unterm Hemd und seinem geschwollenen Knie – so war er weder dümmer noch intelligenter geworden. Die Briefe, die er seiner Familie schrieb, beweisen, dass er nichts verlernt hatte und sich immer noch genauso treffend auszudrücken verstand, wie als ganz junger Mann. Nur die Wunderkerze der Lyrik war abgebrannt und für immer erloschen.

Im Grunde versuchte die Menschheit sich mithilfe ihrer Künstler, moderner Ikonen, ein wenig aufzuwerten. Sie transferieren Bedeutsamkeit. Sie sind kleine Götter für unsere Mickrigkeit. Ich lauschte gebannt Musikern wie Mozart oder Mick Jagger, betrachtete mit Ehrfurcht Bilder von Cézanne, Pissarro oder Otto Dix, nahm Religionsstifter wie Buddha oder Jesus zur Kenntnis. Die einzigen aber, die ich bewunderte und denen ich nachstrebte, die mich wirklich *interessierten*, waren die Schriftsteller: Camus, Pavese, Sartre, Robert Walser, Schopenhauer, Raymond Chandler, Henry Miller, Rolf Dieter Brinkmann. Eine kleine Gruppe, die selten Neuzugänge verzeichnete.

Hamburg war nicht Paris, war nicht Brooklyn. Was hier geschah, war nicht so wunderbar wie in Millers New York, es gab kein Völkergemisch wie in Clichy. Ich wollte schreiben wie Henry Miller. Im Grunde wollte ich, wie er es vorgemacht hatte, über mein Leben schreiben, was in der Konsequenz bedeutete, dass ich zuerst einmal ein interessantes, ungewöhnliches Leben haben musste. In Hamburg aber war das schwierig. Häufige Abstecher nach Berlin änderten auch nichts daran, denn Berlin litt unter Selbstüberschätzung. Berlin war hässlich und voller Provinzler, die von den Versprechungen des Großstadtlebens angezogen worden waren.

Hamburg aber hatte in seiner tausendjährigen Geschichte noch nie einen international bedeutsamen Autor hervorgebracht. Daraus konnte man nur schließen, dass das Klima für ein Genie nicht günstig war. Im Prinzip war man hier von allen Seiten blockiert. Kein Theater fragte an, ob ich ein Stück schreiben wollte. Kein Verlag rückte einen Vorschuss raus oder zeigte Interesse an einem bereits bestehenden Manuskript. Kein Weltblatt riss sich um Beiträge. Das Problem war, dass zwar einige Zeitungen in Hamburg erschienen, die Stadt galt sogar als Hochburg der Zeitungs- und Medienbranche, dennoch gab es keine wirkliche Zeitung. Die Springerpresse war zu dumm, und die bürgerliche Wochenzeitung zu bürgerlich. Linke Blätter waren zu links, sie verwechselten links mit gut oder fortschrittlich. Keines dieser Organe war an einem Künstler oder einer künstlerischen Szene interessiert, die lebendig, unbestimmt war und noch nicht als Marke auf dem Friedhof des Kommerzes begraben werden konnte. Auch Verlage waren nicht vorhanden. Jedenfalls nicht für uns. Aus all dem folgte, dass wir uns selber eine Plattform schaffen mussten.

7

Maya hatte einen schlechten oder genauer gesagt: Sie hatte gar keinen Männergeschmack. Jedenfalls sah ich das in meiner Eifersucht so. Wer immer sich, wenn sie einmal mit dem Trinken begonnen hatte, neben sie auf den Barhocker schwang und bis zur letzten Bestellung durchhielt, war ihr willkommen. Das konnte auch ich sein. Ich war es aber meistens nicht, mangels Anwesenheit. Außerdem war ich sowieso nur zweite Wahl, weil sie ja schon mit mir zusammen gewesen war. Ihr Worte klangen ganz überzeugend: »Wir sind schon zusammen gewesen.« Also ruhig Blut, ja, ja, das leuchtete ein. Sie litt offensichtlich nicht unter diesem Wiederholungszwang, der mich an sie fesselte.

Ganz im Gegenteil. Sie bändelte mit Typen an, die, wie ich meinte, weit unter meinem Niveau rangierten. Mit einem Busfahrer zum Beispiel, der im Hinkelstein sein Feierabendbier schluckte, oder mit diesem Rocker, der bald darauf die Gäste des Hinkelstein mit einer Motorradkette zu attackieren begann, die er wütend über seinem Kopf schwang.

Der Junge hatte sich sein Abenteuer wohl etwas leichter vorgestellt. Maya war ein sehr schönes Mädchen, das äußerst charmant sein konnte, wenn sie wollte, zugleich aber war sie ein schwieriger Fall. Das hatte er wohl unterschätzt. Wie sie mir selbst kopfschüttelnd, aber nicht ohne heimlichen Stolz berichtete, hatte dieser Höllenengel gedroht, mit seiner Gang anzurücken und das Lokal auseinanderzunehmen. Die Pächter des Hinkelstein verstärkten daraufhin die

Eingangstür mit Stahlblech und ließen ein Guckloch einsetzen zur Gesichtskontrolle.

An einem Spätsommerabend sah ich Maya in vertraulicher Unterhaltung vor dem Piano Bleu sitzen. Der Gastronom hatte die Barhocker wegen der lauen Temperaturen vor die Tür gestellt. Neben ihr saß ein Afrikaner mit grauen Haaren. Ich war im Auto, wartete an der Ampel auf grün und spähte zu ihnen hinüber. Ich traute mich nicht, einzuparken, auszusteigen und mich zu ihnen zu gesellen. Ich spürte eine unsichtbare Mauer, deren Existenz ich anerkennen musste, wegen meiner starken Gefühle für sie aber nicht akzeptieren konnte. Sie identifiziert sich eben mit Losern, dachte ich wütend.

Die besten Karten bei ihr hatten die Saufkumpane, die vom Aussehen, vom sozialen Status, gesundheitlich und am besten auch noch psychisch am übelsten dran waren. Je dreckiger es einem ging, desto besser konnte er bei ihr punkten. In Opfer konnte sie sich so richtig gut hineinversetzen und Mitleid mit ihnen empfinden, das auf angenehm betäubende Weise mit ihrem Selbstmitleid verschmolz.

Ich dagegen redete nicht gern mit angetrunkenen Frauen auf Barhockern von meinen Problemen. Wenn ich Probleme hatte, so vergaß ich sie in Mayas Gegenwart sofort. Mit ihr blühte ich auf, auch wenn es jedes Mal im Suff endete. Endlos von meinen Problemen zu faseln, sodass Maya sich schließlich mit ihnen identifizierte und Mitleid mit mir bekam, lag mir überhaupt nicht. Umgekehrt aber: Wenn ich sie klagen hörte, so fühlte ich sofort Mitleid, und dieses Gefühl war identisch mit Liebe. Im Grunde hatte ich zu wenige und nicht die richtigen Probleme, um bei ihr zu punkten.

Gut, meine Sachen waren in der Gelben Reihe von Hanser nicht genommen worden, und auch die Lila Reihe von Rowohlt hatte sie abgelehnt, aber damit konnte ich ihr nicht kommen, denn wie die meisten Menschen interessierte sie sich nicht für Literatur und wusste nichts von der Existenz dieser alles entscheidenden Plattformen für den sorglosen Start einer glänzenden literarischen Karriere.

8

Wiebke ähnelte Maya auf frappierende Weise: die gleiche Figur, die gleichen kleinen Brüste, die gleichen schmalen Hüften, die gleichen glatten Haare bis auf die Schultern, die gleiche Form des Kopfes und des Gesichts. Allerdings war Wiebke nett, zugänglich und fair. Sie wohnte zur Untermiete in einer Wohnung nicht weit von der Universität entfernt. Wenn ich sie besuchte, hatten wir beide es ziemlich eilig, miteinander ins Bett zu kommen. Meistens fanden diese Begegnungen am Nachmittag oder am frühen Abend statt. Das Besondere an Wiebke: Sie war das einzige Mädchen, das darauf bestand, dass ein Kondom benutzt wurde. Der Grund lag nicht in irgendwelchen Krankheiten, denn es gab keine, die nicht leicht zu kurieren gewesen wären. Nein, Wiebke nahm die Pille nicht. Es war ihre Sache. Alle anderen nahmen dem Anschein nach in diesen Jahren die Pille, denn niemals bat eine junge Frau um irgendwelche Rücksichtsnahmen.

Ich war Christel treu. Sicher hätte auch Alfred behauptet, dass er seiner Freundin treu sei, obgleich die nächtlichen Besucherinnen in seinem Zimmer sich die Klinke in die Hand gaben. Auch Cohn war seiner Tina trotz all seiner Eskapaden und Affären eigentlich treu. Wie konnte das sein? Vermutlich handelte es sich hier um eine praktizierte Form der Polygamie, allerdings war keiner von uns verheiratet, also traf auch das nicht so ganz zu. Überhaupt, wir handelten zuerst und definierten uns danach. Oder auch nicht, das heißt, wir vergaßen es.

Trotzdem war es für mich klar, dass ich mit Christel zusammen war. Sie war meine Freundin, mit ihr verstand ich mich am besten, sie interessierte sich am meisten für mich und besaß die höchste Einfühlsamkeit.

Da Christel am Nachmittag kam, fiel es nicht weiter auf, wenn die Ausreißerinnen abends bei mir erschienen. Diese Mädchen hatten gewöhnlich Streit mit den Eltern, sie hielten es zu Hause nicht aus und reisten aus Vororten wie Langenhorn oder aus unangenehmen Stadtteilen wie hinteres Eimsbüttel an, die fast ausschließlich von Rentnern bewohnt wurden, welche eine für junge Menschen nur schwer erträgliche Atmosphäre von Verfall, Niedergang, Beschränktheit und Hass auf alles Lebendige verbreiteten. Kein Wunder, dass Rita oder Nelly lieber zu mir flüchteten, einem jungen aufstrebenden Intellektuellen im Underground.

Spätestens nach dem Frühstück, meistens aber auch schon um Mitternacht verschwanden diese wilden Biester wieder, ohne irgendwelche Spuren zu hinterlassen, jedenfalls fast keine.

Rita war eine kleine, blasse Blondine. An ihr war alles zart, ihre Figur, ihr Gesicht, ihre Stimme, ihre Seele. Sie war eigentlich genau mein Fall, physisch gesehen. Ich hatte sie eines Nachts im Gibi aufgesammelt. Sie redete nicht viel, tat sich schwer beim Artikulieren. Es stellte sich bald heraus, dass sie ein Junkie war. Sie lag meistens im Bett und ruhte sich aus und erhob sich nur, um loszulaufen auf der Suche nach der nächsten Injektion. Sie sprach mit gedrückter Stimme, als lasteten Tonnen auf ihrer Brust. Ich mochte sie eigentlich und empfand Mitleid mit ihr. Sie hatte keine Schulbildung. Was sollte aus ihr werden? Sie verschwand auch bald wieder und hinterließ mir als Andenken einen ausgewachsenen Tripper.

Ich musste eine Telefonkette bilden, um nach allen Seiten hin Warnungen auszusprechen.

Wir hatten wirklich Glück, unsere Jugend, die Zeit naturbedingter sexueller Hyperaktivität fiel in dies schmale Zeitfenster, da die Syphilis, die alle möglichen Genies von Schumann bis Baudelaire in jungen Jahren dahingerafft hatte, keine Gefahr mehr darstellte und Aids noch nicht existierte. Wir blieben also am Leben. Genossen eine gewisse Freiheit, wenngleich das Durcheinander im Vergleich zu anderen Epochen eher wuchs. Ich gehörte noch zur ruhigeren Sorte. Verglichen mit Alfred oder mit C. C. Cohn war ich eher zurückhaltend.

9

Beim Schreiben nutzte ich eine Art *écriture automatique*, wie die Surrealisten sie eingeführt hatten, ohne allerdings in Träume abzuschweifen oder naive politische Forderungen aufzustellen.

Was ich schrieb, spielte nicht nur in der Gegenwart, es *war* Gegenwart. Normalerweise sind wir zu gehemmt, um einen interessanten Selbstausdruck zu finden. Meistens wusste ich nicht, was und wie ich schreiben sollte. Unter Drogen änderte sich das plötzlich. Die beste Droge hieß LSD. Es war, auf Löschpapier gespeichert oder in winzige Tabletten gepresst, preisgünstig und leicht zu beschaffen.

Bis die Wirkung spürbar wurde, dauerte es etwa zwanzig Minuten. Bei leisen Anzeichen des beginnenden Rausches setzte ich mich an die Maschine und tippte die ersten Sätze. Meistens begann ich damit, dass ich mein Gefühl konstatierte. »Das Gefühl der Zusammenhangslosigkeit… Warum bloß dieses Gefühl von Traurigkeit, das mich überschwemmt?«

Die Sätze sprangen aufs Papier, exakt so, wie ich sie empfand, jeder auf seine Art vollkommen. Ruhig und mit stiller, unaufgeregter Neugier nahm ich zur Kenntnis, was der stimulierte Wille zur Schöpfung, der chemisch auf Touren gebrachte Schreibimpuls mir auftrugen. Ich dachte exakt so schnell, wie ich schreiben konnte. Nach einer Weile jedoch und in dem Maße, wie der Rausch stärker wurde, begannen die Sätze über das Papier zu galoppieren. Ich tobte auf meine Schreibmaschine los. Mein Körper, der mir in diesem Moment wie eine hochwirksame Maschine vorkam, transportierte kleine schwarze Zeichen aufs Papier. »Dem Leben so nah heran mit der Sprache wie möglich. Wenn ihr Hoffnung sucht, so sucht sie woanders, ich habe keine Hoffnung. Wenn ihr Schönheit sucht, so sucht sie woanders, ich habe keine Schönheit. Das sind Sätze, die ich mache. Vom Standpunkt eines gedachten bahamasblauen Weltauges aus gesehen ist unsere Sprache eine Babysprache. Nur die bahamasblaue Begeisterung gäbe mir ein Recht zu reden ...«

Genauso plötzlich, wie der Schreibfluss zu strömen begonnen hatte, versiegte er wieder. Ich hatte vielleicht anderthalb Seiten verfasst, doch ganz plötzlich ließ sich die Welt nicht mehr in Worte fassen. Sobald der Automatismus, der perfekte Sätze auswarf, mit denen ich mich identisch fühlte, versagte, hörte der Schreibimpuls auf. Es war mir nicht möglich, lange hin und her zu überlegen, wie es weitergehen sollte, oder überhaupt kritisch zu reflektieren. Entweder die Sätze waren konkret, originell und gut geschrieben, sodass ich zufrieden mit ihnen sein konnte, ja mich sogar glücklich fühlte und stolz auf sie war, oder alles änderte sich, ich war plötzlich draußen, verlor das Interesse am Schreiben und wollte etwas anderes erobern als Worte und Sätze. Worte waren nur ein spezieller, sehr begrenzter Zugriff. Ich fühlte plötzlich einen unzähmbaren Bewegungsdrang und musste raus auf die Straße.

Bevor ich die Wohnung verließ, achtete ich darauf, lässig und bequem gekleidet zu sein, entspannt und überlegen war ich sowieso schon, und insofern war es auch keine Überraschung, dass auf ein Handzeichen von mir hin ein Buick oder Cadillac am Bordstein stoppte. »Cosinus, Bundesstraße«, gab ich dem Fahrer zu verstehen, der mir gern den kleinen Gefallen tat, mich zu der gewünschten Adresse zu fahren.

Silke trug immer weite Gewänder und hatte schwarze Spitzentücher um die Schultern geschlungen. Etwas Verletzliches, Elegisches ging von ihr aus. Sie arbeitete einige Tage in der Woche im Cosinus. Im Allgemeinen war es unmöglich, Kontakt zu ihr aufzunehmen. Ich weiß nicht, warum sie in dieser Nacht, es muss nach zwei Uhr morgens gewesen sein, plötzlich neben mir in unserem Peugeot 404 saß. Vermutlich lag es an dem LSD, das ich zu mir genommen hatte. Alfred, der den Wagen auch benutzte, hatte ihn in der Nacht zuvor beim Cosinus stehen lassen, weil er zu betrunken gewesen war, um sich noch ans Steuer zu setzen.

Ich musste an diesem Abend das richtige Gespür für sie entwickelt haben, sodass sie geneigt schien, es mit mir zu versuchen. Bei ihr war es ähnlich, sie konnte sich gewöhnlich auch nicht auf mich einstimmen, wenngleich ich sie immer gern anschaute, um ihr Geheimnis zu ergründen, und sie meistens freundlich, wenn auch wie aus einer anderen Welt, zurücklächelte.

Jetzt fühlten wir uns beide berauscht und glücklich über den ungewöhnlichen Moment, der uns endlich zusammengeführt hatte und in dem die Unterschiedlichkeit, die uns sonst trennte, keine Rolle mehr spielte. Wir waren übereingekommen, zu mir zu fahren. Trotz der späten Stunde waren wir hellwach. Plötzlich ging neben uns eine rot blinkende Kelle hoch. Ein Polizeiwagen überholte uns.

»Haben Sie etwas getrunken?«, fragte der Beamte.

»Nicht der Rede wert.«

»Das müssen wir überprüfen.«

»Hören Sie, ich habe diese junge Dame hier gerade eben kennengelernt, und wir sind auf Weg nach Hause. Schauen

Sie doch mal, wie *süß* sie ist. Wenn ich jetzt nicht weiterfahre, wird es nie etwas werden mit uns beiden. Dies ist ein unwiederholbarer, ein zerbrechlicher Moment – die Nacht der Nächte! Schauen Sie doch: Ihre Augen sprühen Funken wie kleine Wunderkerzen! Bitte haben Sie ein Einsehen, Herr Wachtmeister, und lassen Sie Gnade vor Recht ergehen! Ich bin in ausgeglichener Geistesverfassung und werde äußerst vorsichtig fahren!«

»Das geht nicht, Sie müssen mit zur Wache!«

»Hören Sie, ich habe LSD genommen! Sie verderben uns den krönenden Abschluss dieser Nacht. Sie versündigen sich doch! Machen Sie schon! Wir sind ein frisch verliebtes Pärchen. Sie können uns doch nicht auseinanderreißen! Wir sind harmlos. Fangen Sie doch lieber ein paar Einbrecher oder die Leute von der RAF!«

»Komm mal her, Willy. Der hier ist renitent!«

Auf der Wache wurde ich zu einem halben Dutzend anderer eingefangener Nachtvögel in die Zelle gesperrt. Einer war ganz in Silber gekleidet, Hose, Wams, sogar die Stiefel. Ein zweiter ließ die Flügel hängen und betete immer die gleichen Litaneien: »Ich hab das schon häufig erlebt. Das kann lange dauern. Es kann vier Stunden dauern. Es kann acht Stunden dauern. Manchmal lassen Sie dich zwei Tage drin.«

Durch die Gitterstäbe beobachtete ich die Polizeibeamten in ihrer nächtlichen Amtsstube. Polizisten wurden oft als Bullen oder Schweine bezeichnet, aber hier sah ich weder Bullen noch Schweine, sondern ganz anderes Getier. Der Beamte am Schreibtisch direkt gegenüber zum Beispiel war beleibt und untersetzt. Er quetschte seinen dicken Bauch an die Schreibtischkante und tippte langsam mit zwei Fingern an einem Protokoll. Er wirkte alt und müde. Er glich einer Schildkröte, stoisch, hässlich und gelassen. Ihm gegenüber hockte ein dicker, gutmütiger Frosch, welcher ab und zu von seinem Stuhl sprang, wenn ein Kunde erschien. Diese beiden würden die Schreibstube erst verlassen, wenn ihr Dienst beendet wäre. Solange dies nicht der Fall war, würden sie in der Amtsstube sitzen und sich so wenig wie möglich bewegen. Ein kräftiger junger Kerl mit schütterem Haar und kantigem Schädel dagegen war begierig, schnell ins Freie und in die Nacht hinaus zu kommen. Er schob gerade seine Dienstwaffe in seinen Achselholster und wirkte dabei gefährlich wie eine Raubkatze, die auf Beute auszog.

10

Am Freitagabend gab es im Abatonkino die Filmreihe »Erotik im Underground«. Das Kino war immer bis auf den letzten Platz besetzt. Bier und andere Getränke durften in den Saal mitgenommen werden, und schon bevor die Lichter erloschen, war die Stimmung im Publikum übermütig und erwartungsvoll knisternd.

Eigenartigerweise kann ich mich überhaupt nicht an den Inhalt der Filme erinnern. Lief da ein Mann mit einem übergroßen Adamsapfel und sehr ernster Miene einem Mädchen nach? Wie war sie bekleidet – und sah man Hardcoresex? Keine Ahnung. Ich glaube, es war Sex zu sehen, aber nicht mit diesen muskulösen Typen, die sich schrecklich anstrengten bei ihrer Arbeit.

Nach Ende der Vorstellung hatten wir es sehr eilig, nach Hause zu kommen. Die Anregung, die von den Undergroundfilmen ausging, musste dringend in die Tat umgesetzt werden. Ich legte »Goin' Home« auf, die längste Bluesrockballade, die bisher aufgenommen worden war. Das Stück schien eigens für den Zweck eingespielt worden zu sein, für den wir es nutzten.

Sex war eine Art Trost und Belohnung, und wir genossen das Privileg nahezu unbegrenzten Zugriffs auf dieses Zaubermittel. Wenn wir uns schlecht oder gar nicht fühlten, Sorgen hatten, ein Problem mit unserem Ego oder Depressionen, enttäuscht waren, niedergeschlagen – kein Problem, das ließ sich ausgleichen und überwinden, indem man in einer anderen Person aufging und sich dabei selber vergaß. Ganz einfach: Junge Körper, die junge Körper umarmten – im Grunde war das etwas peinlich und kitschig, aber eben auch hochgradig wirksam, weil es, wie gesagt, das beste Mittel war, sich selbst zu vergessen und besonders von dem Teil loszukommen, welches am meisten beschränkt war: dem Verstand. Von unserem miesen kleinen, konventionellen Hirn.

Mitte August feierte ich meinen Geburtstag. Wir stellten im Sonnenzimmer einen Tapetentisch auf und deckten ihn mit weißem Papier. Tante Leonie brachte ihren Freund Hans Fischer mit und der wiederum seinen Freund Kurt Vogel. Vogel war ein groß gewachsener Mann von Anfang sechzig mit einem gutmütigen, aber traurigen Gesicht. Er besaß ein Antiquariat in der Bornstraße in der Nähe der Universität. Die Studenten stahlen ihm ständig Bücher, denn Bücherstehlen war Mode.

C. C. Cohn beispielsweise trug ganz Stapel Bildungsmaterial weg. Natürlich tat er das nicht bei Kurt Vogel, der arme Tropf hätte ihm leid getan. Nein, Cohn bediente sich in den gutgehenden Buchhandlungen in Nähe der Universität oder in der City. Er schaffte es mit seinem hinterhältigen Charme sogar, dass die Verkäuferinnen ihm die Tür aufhielten, wenn er mit nicht bezahlten Bücherstapeln vor der Brust den Laden verließ.

Kurt Vogel aber, dem Antiquar, wurde die studentische Unsitte zum Verhängnis. Seine sowieso schon geringen Einkünfte schwanden dahin, er konnte seine Miete nicht mehr zahlen, und eines Tages fand man ihn erhängt im Hinterzimmer. Heute aber saß er noch lebendig, wenn auch ein wenig eingeschüchtert und zurückhaltend in unserem gelben Zimmer. Einige Flaschen Wein auf dem Tisch. Hans Fischer fristete sein Leben als Nachtportier im Stuttgarter Hof am traurigen Gesicht – kurze Zeit später sollte er sich erhängen. Was wissen und verstehen junge Leute schon? Die Älteren leben auf einem anderen Stern.

11

Den endgültigen Beweis dafür, dass er der richtige Mitbewohner war, lieferte Alfred eines Nachts, als er in Begleitung zweier junger Frauen in unsere Wohnung zurückkehrte. Es mochte gegen halb drei Uhr morgens sein, und er kam mit ihnen, zwei Schwestern, von seiner Tour durch die Lokale zurück. Eigenartigerweise hatte er sich für die ältere und unattraktivere der beiden entschieden.

Die Mädchen jobbten im Rigas Ferreos, einem griechischen Lokal, das ihrem Stiefvater gehörte. Die Familie wohnte weit draußen in einem Vorort, und da die ältere Schwester in Alfred einen Verehrer gefunden hatte, wollte die jüngere nicht allein den Nachtbus nehmen.

Deshalb hockte sie – sie hieß Nicola, und dieser Name gefiel mir sehr – auf der Nachtspeicherheizung in Alfreds Zimmer und betätigte sich als Kettenraucherin. Ich hatte sie schon im Rigas gesehen, und mit ihren Mandelaugen hatte sie großen Eindruck auf mich gemacht. Jetzt saß sie auf der Heizung, paffte und verschlug mir den Atem. Sie verkörperte genau das, was ich gut fand. Normalerweise lernte ich Mädchen wie sie nicht kennen. Es mussten schon ungewöhnliche, ungeplante Umstände eintreten, so wie Alfreds Interesse an ihrer Schwester.

Kurze Zeit später allerdings lag dieses Mädchen neben mir im Bett. Sie hüllte sich in ihre Decke – ich hatte zwei –, sah mich vieldeutig an und wünschte mir eine gute Nacht. Ich war starr vor Glück. Sie erschien auch in den folgenden Nächten, schlief neben mir in meinem Bett, ohne dass ich sie anrührte, schließlich war sie mein Gast, weil Alfred mit ihrer älteren Schwester zusammen war. Natürlich zögerte ich nicht, ihr zu verstehen zu geben, wie toll ich sie fand, aber das langweilte sie nur, denn sie war sechzehn und hörte nichts anderes.

Morgens nach dem Aufwachen – der Schlaf hatte alle Wünsche verwischt und in eine traumselige Trance verwandelt – griff ich nach ihr. Sie widersetzte sich nicht, aber es kam nur zu unschuldigen Liebkosungen. Dann aber blieb sie plötzlich weg.

War es möglich, *vier* Mädchen gleichzeitig zu lieben, fragte ich mich verwundert. Wirklich zu lieben, aufrichtig, von Herzen, wenn auch mit unterschiedlichen, klar und deutlich unterscheidbaren Arten der Zuneigung? Christel liebte ich, weil ich mich gut mit ihr verstand. Sie war intellektuell auf meinem Level, ja, mir in mancherlei Hinsicht sogar überlegen. An Wiebke mochte ich ihre kumpelhafte Art, wie sie sich freute, wenn ich auf sie zukam. Maya dagegen war immer düster umwölkt, ihre Lippen waren dunkelrot angemalt, und ihr Gesicht war bleich wie eine Karnevalsmaske aus Venedig.

Aber was mir Kummer bereitete, war die Tatsache, dass Nicola wegblieb. »Das liegt einfach nur daran, dass die Sommerferien zu Ende sind«, klärte Alfred mich auf. Vier Frauen zugleich zu lieben hielt er für möglich. »Besonders für dich ist das doch gar kein Problem«, schmeichelte er mir. Er wusch doch tatsächlich das Geschirr ab, während ich auf der Nachtspeicherheizung hockte und an Depressionen litt trotz dieser vier Frauen, die ich liebte.

»Die Zahl vier spielt in der mohammedanischen Polygamie eine zentrale Rolle«, erklärte Alfred mir, während er Teller und Tassen in die Abwaschschüssel tauchte. Er besuchte gerade ein völkerkundliches Seminar über Nordafrika und den Vorderen Orient.

»Ja, weiß ja jeder.«

»Wenn die Frau ihre zwei, drei Kinder bekommen hat, rückt bald eine jüngere Geliebte an ihren Platz, die wiederum ihre Kinder bekommt, älter wird und einer jüngeren Platz macht, ohne allerdings definitiv ihre Rechte im Ehebett aufzugeben. Dies Wechselspiel ist vom Propheten auf vier begrenzt worden. Eine realistische Zahl, denn wenn der Ehemann seine vierte junge Geliebte heiratet, dürfte er sich der fünfzig nähern oder sie bereits überschritten haben. Dies ist aber nur eine Seite der Geschichte. Das Prinzip der Ausschließlichkeit gilt nur für die jüngste Geliebte. Die älteren Frauen leben in gesicherten sozialen Verhältnissen. Sie haben ihre Pflichten und Aufgaben, aber auch ihre Freiheiten. Zu diesen Freiheiten gehört es, sich meist jüngere Geliebte zu nehmen. Ohne dieses mildtätige, kluge System würden die jungen, unverheirateten Männer ohne Liebe bleiben, und das ist der schlimmste Verstoß gegen die Natur. Naturgemäß suchen sie Liebe gern bei älteren Frauen, solange, bis sie selbst eine junge Frau finden, um sie zu heiraten. Und der Kreislauf beginnt von Neuem.«

Das Ganze klang für mich so überzeugend wie ein schönes orientalisches Märchen. Als Alfred seinen Abwasch beendet hatte, war mein Liebeskummer fast vergessen, und er verflog vollends, als das Telefon klingelte und ich hörte, wer dran war

»Natürlich, gern, ich frag ihn mal«, hörte ich Alfred und zu mir gewandt: »Die Mädchen laden zu einem Gegenbesuch nach Großhansdorf ein. Willst du?«

Großhansdorf liegt weit außerhalb der Stadt. Ohne einen triftigen Grund fährt niemand bis zu dieser nordöstlichen

Endstation der Untergrundbahn, die hier längst zu einer Hochbahn geworden ist, die auf Erddämmen durch Wälder und Felder rauscht.

Die beiden Mädchen empfingen uns freudig, für Wein und gutes Essen war gesorgt. Alfred und Ruth passten gut zusammen, und ich schwebte allein schon durch die Tatsache, dass Nicola anwesend war, in seligen Gefilden. Ich erwartete nichts, sodass ich überrascht war, als Ruth mir am Ende des Abends – Nicola war nach oben verschwunden – erklärte: »Ihr Zimmer ist oben. Sie wartet auf dich!« Ich blieb sitzen, weil ich nicht so richtig glauben konnte, was ich hörte. Kurz darauf erschien Nicola paffend auf dem Treppenabsatz. Plötzlich war ich in ihrem Zimmer. Draußen wurde es schon hell. Sie war erst sechzehn und hatte einen beeindruckend großen Busen. Das war mir auch schon vorher bekannt gewesen, aber jetzt bekam ich alles zu sehen. Ich war kein Voyeur, aber als sie ihr Hemd über den Kopf zog, war ich es für einen Moment vielleicht doch. Kurz darauf war alles schon wieder anders. Es gab nur noch Umarmungen, Hände, die Haut und Körper absuchten, Küsse, die die Innigkeit steigerten.

12

Bei der *ZEIT* wurde ein Korrektor gesucht. Jemand, der den abschließenden Blick auf Grammatik, Orthographie und Interpunktion warf, bevor das Blatt in den Druck ging. Christel, die mit dem Chef des Feuilletons befreundet war, hatte von dieser Vakanz erfahren. »Das wäre doch was für dich«, meinte sie. Sie veröffentlichte häufig Artikel in dem Wochenblatt. Sie hatte eine geschmeidige Art, sich auszudrücken, die ihr ganz natürlich zu sein schien. Ohne sich anzustrengen, traf sie den niveauvollen Plauderton, der gern gedruckt wurde. Außerdem machte es ihr nichts aus, sich mit Dieter E. Zimmer zum Essen zu verabreden. Vermutlich lag es daran, dass sie eine hübsche und intelligente junge Frau war. Ich dagegen war zwar auch hübsch und intelligent, aber keine Frau, und außerdem eignete ich mich überhaupt nicht zum Besuch von Restaurants. Wenn es doch einmal nicht zu umgehen war, setzte ich mich hin, schlang so schnell ich nur konnte alles hinunter, zahlte und verschwand wieder. Ich war zu nervös, um lange bei Tisch sitzen zu bleiben. Ich fühlte mich zu schnell eingeengt. Und die gasigen Gedanken, die einem beim Sitzen mit vollem Bauch im Restaurant kommen, interessierten mich schon gar nicht.

Dass Christel mühelos alle Hürden nahm, die den Zugang zu den angesehenen Medien versperren, gefiel mir. Ich beneidete sie deswegen nicht, sondern bewunderte sie ein bisschen. Ich hatte kein Bedürfnis, Joe Cocker oder Leonard Cohen zu interviewen. Ich hatte nichts gegen Ikonen der Popkultur, wieso auch, nur keine Idee, was ich sie hätte fragen können. Ich interessierte mich nicht für ihre Lebensumstände. Ich wollte nicht wissen, wie sie lebten, denn was immer ich darüber erfahren sollte, war nur Reklame. Meines Wissens hatte Henry Miller niemals Popstars interviewt. Mir gefiel das ganze Spiel nicht, noch mehr Werbung zu machen für Leute und Produkte, die sowieso schon in aller Munde waren.

Über dem Empfang bei der *ZEIT* hing ein Werk des Kerls, der immer wieder unzählige Nägel in ein einziges Brett schlug und sich damit in der Kunstwelt einen Namen erworben hatte. Ich mochte das Kunstwerk nicht, fand es blöd, immer wieder Nägel in ein einziges Brett zu schlagen, egal, was das nun bedeuten mochte. Auf mich wirkte es hässlich und strahlte etwas unangenehm Zielstrebiges aus. Wahrscheinlich symbolisierte das Brett mit den vielen Nägeln die Zeitung. Die Zeitungsleute fanden das Brett gut, sonst hätten sie es ja nicht unübersehbar über ihren Empfang genagelt.

Ich bekam einen Raum mit einem großen Schreibtisch zugeteilt, auf dem schon die frischen Andrucke lagen. Ich sollte die Artikel lesen und alle Fehler anstreichen. Ich verstand nicht viel von Orthographie, hätte aber meine bescheidenen Kenntnisse zusammengerafft, wenn ich nicht ständig von dem Inhalt dieser Artikel irritiert und abgelenkt worden wäre. Ich befand mich in den Redaktionsräumen der größten Wochenzeitung der Republik, aber die Leute gaben nur abstoßendes Zeug von sich. Ich blieb immer wieder an Einzelheiten hängen, die meinen Widerwillen erregten.

Aus dem Koben des Musikredakteurs dröhnte klassische Musik. Neunundachtzigjährige freie Mitarbeiter schlurften über die Flure. Es war eine Besonderheit dieses Wochenblattes, steinalte Mitarbeiter zu beschäftigen. Neunzig war bei denen keine Pensionsgrenze. Aber es war keinesfalls das Alter, das mich störte. Das fand ich sogar apart, mutig und rührend. Was ich nicht leiden konnte, war der Ton, in dem hier von der Kultur gesprochen wurde, so, als gehöre sie ihnen. Sie verfügten über diese Kultur, hantierten mit ihr, gaben Lobeshymnen (meistens) oder Verurteilungen von sich und besaßen die Deutungshoheit. Keiner von diesen Journalisten nahm LSD. Alle wirkten öde, eingebildet und langweilig und konnten also gar nicht anders, als langweilig zu schreiben, denn diese Seriosität war die Voraussetzung, um überhaupt einen Posten bekleiden zu dürfen. Wer solche Posten wollte, hatte seinen freien, unberechenbaren Verstand zusammen mit seinem Hut an der Garberobe abzugeben, und ab in den Koben! So empfand ich es, und ich hatte nicht die geringste Lust, Teil dieses Systems zu sein.

»System« war ein Modewort. Es war gleichbedeutend mit Establishment. Dieses System oder Establishment funktionierte nach ganz anderen Kriterien als wir. Es gründete auf Berechnung und auf Geld. Während wir uns für Geld nicht interessierten, und uns keine Gedanken darüber machten, wie wir mit entsprechendem Verhalten eine möglichst große Summe davon kapern konnten. Geld war für uns kein Grund, Kompromisse einzugehen.

13

Am nächsten Morgen zog ich in der Jobvermittlung die Nummer hundertzweiundzwanzig. Mit so einer hohen Nummer kannst du gleich wieder nach Hause gehen, sagte ich mir, blieb aber trotzdem sitzen. Jeden Morgen zwischen sieben und neun wurden um die fünfzig Jobs angeboten. Das Vermittlungsbüro schloss aber erst um 13 Uhr. Wer bis um diese Zeit aushielt, konnte noch einen neu hereinkommenden Job ergattern, weil die meisten Arbeitssuchenden bis dahin schon vermittelt worden waren oder aber aufgegeben hatten.

Gegen Mittag kam tatsächlich noch ein Job rein. Der Lohn war ungewöhnlich hoch. Ungefähr ein Drittel mehr als üblich. Allerdings handelte es sich um Arbeit im Hafen an Bord eines Schiffes. Arbeit an Land, also im Hafenschuppen, war beliebter, sie war in der Regel sauberer und weniger zermürbend. Es wurden fünf Leute gesucht, und da außer mir nur noch sechs andere warteten, zwei davon ohne Nummer, war ich unter den Glücklichen. Beharrlichkeit zahlt sich eben aus.

In der hintersten Ecke des abgelegenen Hafenbeckens lag ein verrosteter griechischer Frachter vertäut. Was mochte er geladen haben? Olivenöl? Wein? Südfrüchte in Konserven? Wir kletterten auf wackligen Leitern, denen die meisten Sprossen fehlten, unter Deck. Dort wartete schon ein halbes Dutzend hauptberuflicher Hafenarbeiter. Sie machten finstere Mienen und der Geruch, der uns in die Nasen stieg, ließ auch nichts Gutes ahnen.

Wie sich herausstellte, war das Schiff mit Häuten beladen. Häute – das hieß Felle, Rinderfelle. Sie waren ihren unglücklichen Besitzern, die vor kurzem noch in mediterraner Umgebung trockenes Gras wiedergekäut hatten, abgezogen und von Blut und Seiche triefend verfrachtet worden. Jetzt lagen sie aufeinander gestapelt in den untersten Laderäumen dieses Seelenverkäufers und warteten auf unseren Einsatz. Die Häute rochen nicht nur nach Verwesung, sie waren auch schwer wie Blei. Unsere Aufgabe bestand darin, sie aus den Winkeln der Laderäume hervorzuzerren und fein ordentlich auf Paletten zu stapeln, die dann mit dem Kran aus dem Schiffsbauch nach oben gehievt wurden. So eine Schicht kann lang sein, besonders wenn schon nach kurzer Zeit Hemd und Hosen von einer Mischung aus Blut, Schleim und Lymphe durchnässt sind. Und ich hatte mich für eine Doppelschicht einschreiben lassen.

Die Typen, die immer im Hafen arbeiteten, nannten mich »Susi«. Es lag an meinen langen Haaren, die mir etwas Androgynes gaben. Ich gönnte den Blödmännern ihre bescheidenen Freuden, denn sie hatten ja sonst nicht viel Spaß im Leben. Jetzt musste »Susi« zeigen, was sie draufhatte. Ich war zwar dünn, wog 55 Kilo, aber ich war zäh, und ich konnte auch nett und charmant sein, und schon bald hatte ich mich mit ein paar von den Jungs angefreundet, und sie zeigten mir, mit welcher Hebetechnik man die Rinderfelle am besten wuchtete, und sie ließen mich ran, wenn die Stapel noch nicht so hoch waren.

14

Statt des Weckdienstes war morgens um sechs Uhr dreißig Mayas Stimme in der Leitung. »Kannst du mich bitte abholen?«, bat sie. »Wo bist du?« »Ecke Rentzelstraße in der Telefonzelle.«

Wochenlang hörte ich nichts von ihr, und dann rief sie mich an, damit ich sie an einem Wintermorgen aus einer Zwangslage befreite.

Beim 404 war der Anlasser defekt, aber zum Glück war die Gilbertstraße abschüssig, und ich parkte den Wagen immer auf der richtigen Straßenseite, sodass ich ihn leicht anschieben konnte. Wenn das schwere Automobil Fahrt aufgenommen hatte, sprang ich rein, schlug die Tür zu und legte den zweiten Gang ein. So geschah es auch an diesem kalten Wintermorgen. Ein feuchter Nebel hing in den Straßenschluchten. Maya lebte, soweit ich wusste, mit einem Studenten in einer kleinen Wohnung in Krupunder zusammen. Krupunder, das war ein nichtssagender Vorort Richtung Pinneberg. Trotzdem beneidete ich diesen Studenten.

An der Telefonzelle war Maya nicht zu finden. Ich lief bis zur Straßenecke und schaute suchend in alle Richtungen. Überall nur Leute, die zur Arbeit hasteten. Ratlos trottete ich zum Wagen zurück, den ich mit laufendem Motor am Bordstein vor der Telefonzelle stehengelassen hatte. Ein Wagen der Müllabfuhr stoppte zischend dahinter. Die Müllcontainer waren schon an den Straßenrand gerollt worden. Plötzlich sah ich zwischen den Kübeln eine zusammengekauerte Gestalt mit dem Kopf auf den Knien.

»Maya?«

Sie schaute zu mir hoch.

»Bist du betrunken?«

»Nö, völlig nüchtern.«

»Und weshalb sitzt du im Rinnstein?«

»Weil ich auf dich gewartet habe.«

»Bist du müde? Soll ich dich bei mir unterbringen?«

»Ich will lieber nach Hause. Aber kannst du bitte mitkommen?«

Ihr Freund lag im Bett, nur die Füße schauten unter der Decke hervor. Maya, nicht faul, legte Musik auf, »Exile on Main Street«, Rolling Stones, volle Lautstärke. Der arme Kerl im Bett tat mir leid. Deshalb schob ich Mayas Hand von meinem Hosenschlitz weg und zog sie nach draußen.

Es war ein eiskalter, sonniger Wintermorgen. Wir stiegen durch ein Loch im Zaun in das heruntergekommene, ehemalige Schwimmbad am Krupunder See. Ich stellte mir vor, was für ein Leben früher und zu einer wärmeren Jahreszeit hier geherrscht haben mochte. Ich hatte die lebenslustigen Schreie der Kinder im Ohr, die sich im Wasser vergnügten. Jetzt war alles verfallen und morsch. Die Umkleidekabinen existierten noch mit einem schmalen Sitzbrett als einzigem Mobiliar. Unter dem Sitzbrett lagen einige verstaubte, leere Bierflaschen. Durch den Maschendraht, der als Zimmerdecke diente, sah ich den Himmel. Unsere Lippen glitten übereinander wie zwei kalte, hungrige Salamander. Leider gelang es uns nicht, mit unseren Umarmungen an sommerliche Gefühle anzuknüpfen. Wir verließen die Badekabine und traten auf den Steg hinaus. Raureif bedeckte das Holz. Maya in ihrem Wintermantel legte sich rücklings auf den Boden, und es war eigenartig, sie so daliegen zu sehen in ihrem schwarzen Ziegenpelz.

15

Ich hatte die viel zu große Wohnung in der stillen Hoffnung gemietet, dass Maya eines Tages einziehen würde. Sie ließ sich allerdings bitten und machte keine Anstalten, die Koffer zu packen und den Umzugswagen zu bestellen. Das größte Zimmer der Wohnung harrte ihrer also weiterhin – traurig, leer und unbewohnt. Dem Werbemanager war es offensichtlich nicht gelungen, das Objekt seiner Begierde auf die Matratze zu locken, die unbenutzt auf dem Fußboden unseres sonnengelb gestrichenen leeren Zimmers lag; nach einem halben Jahr gab er schließlich auf, und ich erhielt den Wohnungsschlüssel zurück. Eine Weile stand das Zimmer leer, oder es diente zur Unterbringung von Gästen, die oft länger blieben.

Einer dieser Dauergäste hieß Jean-Marie. Jean-Marie war klein und noch magerer als ich, stammte aus der Bretagne, war schon jahrelang unterwegs und sprach ausgezeichnet deutsch. Er hatte in einem Kibbuz in der Wüste Negev versucht, kommunistische Ideale in die Tat umzusetzen, und sich in Japan in einem Kloster lange mit Zen-Buddhismus beschäftigt. Jetzt war Hamburg sein Wallfahrtsort.

Was ihn an dieser Stadt so anzog, blieb mir verschlossen. Vielleicht waren es die kühlen norddeutschen Blondinen, von denen er genauso schwärmte wie von den stundenlangen Sitzübungen der Zen-Jünger. Als vorübergehender Mitbewohner war Jean-Marie ideal. Er störte nicht. Er hatte eine anschmiegsame, ausgleichende Persönlichkeit. Selbstverständlich musste er keine Miete bezahlen. Jean-Marie liebte es, an

Gesprächen über künstlerische, geistige Themen teilzunehmen, und tratschte für sein Leben gern über gemeinsame Bekannte.

Frank kam gelegentlich vorbei. Er war eines Tages richtiggehend aufgebracht, als er aus Jean-Maries Zimmer, wo er sich mit ihm unterhalten hatte, in meines zurückkehrte. Wie ein Bettelmönch in eine Decke gehüllt auf der Matratze sitzend, hatte Jean-Marie sich Franks neugierige Fragen und seine gutgemeinten Belehrungen angehört.

Frank machte sich ernstlich Sorgen um dieses magere Kerlchen, das bei uns Unterschlupf gefunden hatte und sich von Nichts ernährte. Jean-Maries Familienname war Crochet – Haken, Häkchen, Schraubhaken, Wandhaken. Ich habe, wie gesagt, nie einen Ausländer getroffen, der so vollendet deutsch sprach wie Jean-Marie. Gut, es gab diese leichte Klangfarbe, die ihn als Franzosen auswies, aber grammatikalische Schwächen oder Vokabellücken kamen bei ihm nicht vor. An der Sprache lag es also nicht, wenn es zwischen Jean-Marie und Frank zu einem Missverständnis gekommen war.

Ich hatte das Zimmer nach einer Weile verlassen, weil es sich meiner Ansicht nach nicht lohnte, sich um unseren Gast Sorgen zu machen. Jean-Marie hörte gern Neues von gemeinsamen Bekannten. Ich vertrieb mir mit ihm auf diese Weise die Zeit, und wenn ich den Namen »Annette« aussprach, wurde er sofort hellwach. Annette war eine kühle Blondine mit gezupften Augenbrauen, die mit Soldaten-Jens zusammen war, einem athletischen Studenten im 22. Semester. Jean-Marie wollte alles von ihr wissen. Wie ich sie einschätzte? Was ich von ihr dachte? Mit wem sie zusammen gewesen war – etwa mit mir, was ich verneinen konnte, mit Herbie Kanth oder mit Cohn, was ich nicht wusste.

Wir genossen alle noch die Auswirkungen der sexuellen Revolution, die im Gegensatz zur politischen tatsächlich stattfand. Jean-Marie aber, klein, mager, kahlköpfig durfte von den Beutestücken, die andere einheimsten, nur träumen. Er trug es mit Fassung, denn er hatte ja immer noch seinen Zen-Buddhismus, ein philosophisches Programm, das zur Härte gegen sich selbst und zur Bescheidenheit erzog.

Nachdem Frank sich genug mit Jean-Marie unterhalten hatte, kam er zu mir ins Zimmer, ließ sich in den Sessel fallen und erklärte, dass er ernsthaft angestoßen sei.

»Wieso? Was ist denn los?«

»Ich habe ihm einen Hunderter zugesteckt.«

»Du bist viel zu großzügig«, bemerkte ich.

»Vielleicht hast du recht. Also, folgendes ist passiert. Ich stecke ihm den Hunderter in die Brusttasche seines Pyjamas, den er, wie du weißt, auch tagsüber trägt, und was, meinst du, sagt er?«

»Vielleicht danke?«

»Nee, im Gegenteil. Er fragt mich: Kann ich nicht noch einen haben?«

»Du darfst ihm nicht böse sein. Ich glaube, das ist seine Art, sich gegen deine Gönnerhaftigkeit zu Wehr zu setzen.«

»So eine Ratte!«

»Tut mir leid. Ich versteh schon. Das wirft kein gutes Licht auf seinen entsagungsvollen Charakter. Ich kann mir meine Gäste nicht immer aussuchen. Andererseits solltest du besser aufpassen, an wen du deine milden Gaben verteilst. Es gibt Lebewesen, die in die Hand beißen, die sie retten will. Vielleicht geht es diesem Crochet gar nicht so schlecht, und er hat irgendwo ein Bankkonto oder eine Erbschaft, die er uns verschweigt.«

Alwin war eines Tages plötzlich da, breitete seine Schlafmatte in der Kleiderkammer vor der Heizung aus und blieb. Alwin war ein Malaie aus Kuala Lumpur. Er hatte eine Jeans, ein weißes T-Shirt und lange Haare, die bis zur Taille reichten. Alwin war nicht besonders hübsch, er trug eine dicke Brille mit mehrfach geschliffenen Gläsern und mochte zwanzig oder fünfundzwanzig Jahre alt sein. Gegen Mittag stand er auf und verschwand, nachts kam er irgendwann zurück und legte sich auf seine Matte an der Heizung. Er redete nicht, entweder weil er es als höflich und angemessen empfand zu schweigen, wenn man schon ohne Miete zu zahlen bei einem aufstrebenden Intellektuellen unterkroch, oder er schwieg, weil er nicht so gut Deutsch verstand, doch auch auf Englisch, das er gut beherrschte, sprach er nur das Notwendigste. Die Fragen blieben ungeklärt, auch was er in Hamburg wollte. Vielleicht absolvierte er eine Weltreise? Vielleicht gefiel es ihm bei uns?

Seine Hauptmahlzeit bestand immer aus der gleichen Speise: Spaghetti. Unsere Hauskatzen, die vom Hof kommend ebenfalls heimisch geworden waren, benahmen sich aufdringlicher als er. Wenn ich ihm im Flur begegnete, lächelte er malaisch.

Nur Alfred beschwerte sich gelegentlich über ihn und das zu Recht. Alwins lange Haare verstopften den Abfluss der Dusche. Eines Tages – wie viel Zeit war vergangen? Eine halbes Jahr, ein Jahr? – war Alwin wieder verschwunden. Keine Ahnung, warum und wohin. Und dann schlug Alfred eines Tages vor, noch einen dritten Mitbewohner, der auch Miete bezahlen würde, auf Dauer einziehen zu lassen.

Dietmar war noch jung, Anfang zwanzig. Wir hatten ihn beim Fußballspielen kennengelernt, wo er einen sehr passablen Mittelfeldmann mit Drang nach vorne abgab. Dietmar war zwar sportlich, aber über künstlerische Begabungen oder zumindest über lebenskünstlerische verfügte er leider nicht.

Zur Strafe musste er arbeiten und zwar vierzig Stunden die Woche als Beleuchter im Thalia Theater. Wenn er nach Hause kam, war er immer entnervt und packte sich ins Bett vor seinen Sony-Fernseher, auf den er sehr stolz war.

Trotz seines jugendlichen Alters hatte Dietmar meistens schlechte Laune, weil er entweder bald los musste zur Arbeit oder gerade von der Arbeit nach Hause kam und zu nichts mehr Lust hatte. Dietmar hatte eine Affäre mit einer verheirateten Frau. Meistens stritt er sich mit ihr. Verheiratete Frauen sind keine gute emotionale Investition, besonders, wenn sie sich nicht entscheiden können.

16

Frankie hatte sein Meisterstück bereits abgeliefert, welches, wie er mir glaubhaft versicherte, nicht mehr zu übertreffen sei. Die Filiale einer Supermarktkette hatte den Tresor mit den Tageseinnahmen und sonstigen Werten im Schaufenster platziert, lediglich hinter zwei Stellwänden verborgen. Die Manager hielten sich für besonders schlau: Ihrer Überlegung nach war der Safe im Schaufenster sicherer aufgehoben als im Keller oder unterm Dach. Das war an sich auch keine dumme oder unsinnige Überlegung, sondern es war, wie es sich für unsere modernen Zeiten gehörte, progressiv und kühn gedacht.

Frankie schweißte den Geldschrank genau dort auf, wo er stand, morgens um fünf. Hinweisschilder erläuterten vorbeieilenden frühen Passanten, dass es sich bei den Lichtblitzen des Schweißgeräts um »dringende Wartungsarbeiten« handelte. Ich stimmte zu: »Ja, du hast recht, das ist in deiner Branche wirklich das Meisterstück wie ›Let It Be‹ bei den Beatles. Du musst aufhören, du kannst jetzt nur noch umsatteln. Außerdem ist das Tresorschweißen etwas für sehr junge Männer im Vollbesitz ihrer physischen Kräfte und ihrer heldenhaften kriminellen Energie.«

Franks neue Tätigkeit verlangte zwar auch viel Intelligenz, aber keinen ganz so hohen körperlichen Einsatz mehr. Sicherheitstechnik zu umgehen, die in Privatsammlungen Kunstwerke schützt, schien keine unlösbare Aufgabe zu sein, denn bald erschien er mit einem Ölgemälde und einer Bronzeplastik. Das Ölgemälde war beinah so bekannt wie van Goghs »Sonnenblumen«. Es zeigte eine halbnackte ältere

Frau. Unverkennbar klassische Moderne. Nicht jedermanns Geschmack, aber teuer.

Die Plastik machte ihm insofern Sorgen, als sich wohl der Künstler ermitteln ließ, nicht aber die Schaffensperiode und das Jahr, in dem sie entstanden war. Ich tat ihm den Gefallen und begab mich auf Recherche in die Bibliothek des Kunstgeschichtlichen Seminars. Endlich einmal ein vernünftiger Job, in dem die Geisteswissenschaft ihre Nützlichkeit beweisen konnte.

Das Gemälde, das Frankie herangeschafft hatte, war, wie gesagt so berühmt, dass mir die Verkäuflichkeit schwierig erschien. »Nein, nein, es gibt schon Käufer. Sie behalten ihren kostbaren Erwerb ganz für sich. Sie machen es zum Mittelpunkt eines kleinen privaten Heiligtums.«

»Und dann?«

»Dann holen sie sich vor ihrem Gemälde einen runter«, meinte Frankie. »Manchmal kaufen es die Besitzer auch zurück. Das ist aber schwierig einzufädeln, weil die Mittelsmänner Geld wollen und oft geschnappt und von der Polizei in die Mangel genommen werden. Mal sehen, vielleicht häng' ich mir das Bild selbst in die Wohnung. Ich empfange ja von dir abgesehen niemals Besuche. Dort hängt es auch warm und trocken.«

»Du kannst es als Rente ansehen.«

»Rente, haha. Ich werde mit Sicherheit unter dem Dornbusch enden.«

Wenn ich auf seine Zukunft anspielte, gab Frankie immer wieder diese bildhafte biblische Anspielung von sich. Unter dem Dornbusch enden. Da war es heiß und trocken, aber irgendwie auch pieksig und unangenehm.

Während ich es mit meinem geistigen Krafttraining und mit meiner Schriftstellerei bis ins hohe Alter treiben konnte – Jugend war bei mir sogar eher ein Hindernis – würde er im Alter seiner eigenen Voraussicht nach keine ruhmreiche Rolle mehr spielen, sondern zurückgezogen leben wie ein Eremit.

17

Mitte der Sechzigerjahre hatte ich Helmut Salzinger als einen kreuzbraven Assistenten in Jackett und Krawatte im Germanistikseminar vorn in der ersten Reihe sitzen gesehen, aber schon damals wirkte er etwas merkwürdig. Er war äußerst zurückhaltend, verzog nie eine Miene und war auf interessante Weise kühl.

Als ich Salzinger wieder begegnete, stieg er am Gänsemarkt aus einem Peugeot 403. Er trug amerikanische Klamotten, seine schwarzen, schulterlangen Haare standen ihm gut, und die dunkel getönte Brille verlieh ihm ein geheimnisvolles Flair.

In diesem Aufzug war Salzinger bald auch im Fernsehen zu sehen, wo er als Literaturkritiker Statements zu Neuerscheinungen abgab. Und er schrieb auch für die *ZEIT*. Meiner Ansicht nach war er der einzige Kritiker, der gut schrieb oder sich überhaupt mit Werken beschäftigte, die der Aufmerksamkeit wert waren. Seine Bemerkungen waren klar, intensiv, sinnlich und nachvollziehbar.

Salzinger lebte auf dem Land, und das unterschied ihn von uns. In Amerika gab es viele solche intellektuellen Aussteiger, die sich ein Leben in der freien Natur gönnten. Salzingers Haus lag in Odisheim, was ziemlich germanisch klang. »Ich bin einer von die Epigonen, die in Sprachruinen wohnen«, reimte er. Als Dichter war er meiner Meinung nach lange nicht so gut wie als Kritiker.

Salzinger war ein zurückhaltender, schweigsamer Mann. Er passte nicht so gut zu mir, denn ich war ebenfalls zurückhaltend und schweigsam. Vielleicht war das der Grund, warum wir uns nur wechselseitig zur Kenntnis nahmen, aber nie Freunde wurden. Auch interessierte ich mich im Gegensatz zu ihm kaum für Popmusik.

Gut, ich hörte sie natürlich wie andere auch, und ich hatte meine nächtlichen Ekstasen im Madhouse, wo ein Discjockey tätig war, der nur gute Musik auflegte. Es war sogar ein süßes, »identitätsstiftendes« Privileg, dass es eine Musik gab, die unser Empfinden widerspiegelte, unseren Geschmack traf und uns antrieb und belebte.

Ich nahm die Beschallung, so wie sie kam, ohne mir wie Jonas Überohr – so lautete Salzingers Pseudonym als Musikjournalist – Gedanken über ihre Hintergründe und theoretischen Implikationen zu machen. Ich liebte die Stones. Musik war mir egal.

Salzinger dagegen hockte in Odisheim in seinem umgebautem, ehemaligen Bauernhaus, die Kopfhörer auf dem Schädel und den Joint zwischen den Lippen. Er musste aufgrund seiner Erbschaft kein Geld verdienen und seinen Weg als Literat suchen auch nicht unbedingt. Dass er als Kritiker bei der *ZEIT* aufhörte, bedauerte ich.

Angeblich bestand Helmut Salzingers Aufgabe darin, dem bürgerlichen Publikum die Alternativkultur nahe zu bringen. »Vier Jahre lang spielte er den Dolmetsch der alternativen Szene«, las ich in der *ZEIT*, »dann wurde er es leid, den bürgerlichen Kulturbetrieb zu bedienen. Konsequenter als viele stieg er tatsächlich aus freiem Entschluss aus.«

Zufällig besuchte ich Salzinger zusammen mit Herbie Kanth kurz nach diesem Ausstieg, der keineswegs so souverän, konsequent und freiwillig gewesen war, wie das Blatt es glauben machen wollte.

Salzinger hatte Helmut Heißenbüttels Roman »D'Alemberts Ende« rezensiert, seinen Posten als »Dolmetsch« der alternativen Szene also verlassen. Heißenbüttels Roman, Goethes »Wahlverwandtschaften« nachgebildet, bestand nur aus Zitaten. Eigentlich eine kluge Idee von dem mir lieben Heißenbüttel (auch wenn ich seine Bücher nur querlas). Salzinger schrieb also folgerichtig eine Heißenbüttelbesprechung, die ebenfalls nur aus Zitaten bestand. Angemessen, wie ich vermuten darf. Salzinger, der naive Mensch, war der Ansicht, einen hervorragenden und originellen Text abgeliefert zu haben. In der Redaktion war man anderer Meinung. Der Text wurde abgelehnt. Natürlich kann man, wenn eine Spitzenleistung abgelehnt wird, nur noch gehen. Das verlangt die Selbstachtung.

Wie weit Salzinger von der Stadt entfernt wohnte, merkte ich eines Nachts, als ich von Odisheim wegfuhr. Es war vollkommen dunkel. Es gab keine Straßenlaternen. Nur die eigenen Autoscheinwerfer. Kilometerweit unheimliches, aber auch ruhiges Dunkel. Nach einer Weile kamen Dörfer mit wenigen Straßenfunzeln. Dann Marktflecken mit helleren Straßenlaternen, Schaufenstern und einer beleuchteten Tankstelle. Dazwischen dunkle Landschaften.

Aber in dem Maße, wie wir uns der Großstadt näherten, wurde es immer heller. Ich empfand das als unangenehm. Salzinger muss Ähnliches gespürt haben als er sich daran machte, seinen Landbesitz in einen Dschungel zu verwandeln. Zweifellos ein bisschen ausgeflippt, diese Idee. Wäre er richtig reich gewesen, hätte er ganz Norddeutschland aufkaufen und in einen wilden Wald verwandeln können. Ich begriff nicht, dass noch keiner der Sonderlinge unter den Multimillionären auf diese Idee gekommen war.

18

Bockhorn war in bestimmter Weise der ungewöhnlichste Typ, dem ich je begegnet bin. Begonnen hatte er seine Karriere als Bediensteter Konrad Adenauers im Palais Schaumburg. Später wechselte er als Kellner in eine Stripteasebar auf der Reeperbahn. Die Bar lief nicht gut. Bockhorn kaufte zunächst einem Kellnerkollegen dessen Bedienungsrevier ab und brachte durch seine begeisternde und mitreißende Art Schwung ins Geschäft, das heißt die Kunden sahen ein, dass die Stimmung besser und die Stripteasetänzerinnen erregender waren, wenn man Schampus dazu soff. Nach einem halben Jahr gehörte die Bar ihm und eine zweite noch dazu. Als ich Bockhorn kennenlernte, fuhr er einen Chevrolet Stingray und hatte eine große Wohnung in St. Georg.

Bockhorn war ein willensstarker Mann, ein sogenanntes Alphatier, ein Häuptling, ein Abenteurer. Er hatte einen kühnen, offenen, neugierigen Blick und Augen von einem sehr seltenen hellen Blau. Es entstand sofort eine Sympathie zwischen uns, denn wenn ich der Mönch war, der Zurückhaltende aber Zielstrebige, der Mann, der sich für Geld nur mäßig interessierte, so war er der Ritter, der Eroberer, der Mann der Tat. Was ihn nicht daran hinderte, Kunst und Künstler in gewisser Weise und auf seine Art zu bewundern.

Ich saß gern bei ihm in seiner mit allerlei Zierrat vollgestellten und immer in Halbdunkel getauchten Wohnung und lauschte seinen Erzählungen. Dass man als Besitzer eines Stingrays nur an den Bordstein fahren und halten musste, die Mädchen bückten sich und machten die Wagentür selbst auf,

glaubte ich ihm gern. Ich hatte mit unserem BMW auch besse-
re Erfahrungen gemacht als mit der Rostlaube von Simca, den
ich vorher gefahren hatte. Natürlich störte mich bei Bockhorn
ein wenig dieser Schimpanse, der frei in der Wohnung herum-
turnte und den Pflaumenkuchen vom Tisch stahl. Aber selbst
Uschi Obermaier, die im durchsichtigen Rock, angeblich ohne
was drunter, in der halbdunklen Wohnung herumlief, musste
sich mit dem Untier abfinden. Uschi Obermaier war die Ikone
der Studentenbewegung, und Bockhorn hatte die Fotos von
ihr in *twen* gesehen und beschlossen, sie zu erobern. Was ihm
auch gelang.

In seinem geräumigen Schlafzimmer hatte er sich unter anderem eine Bibliothek einrichten lassen, die die wichtigen Werke
der Weltliteratur umfasste, alle von einem Buchbindermeister
in Halbleder gebunden. Das Ganze wirkte ein bisschen
wie die Stadtwohnung eines französischen Bankiers oder
Landedelmannes, dessen Bibliothek aus sämtlichen Bänden
der Bibliothèque de la Pléiade besteht. Sehr traditionsbewusst
und ein bisschen konventionell, dachte ich, und sagte es vielleicht sogar laut.

»Wo bleibt die Gegenwartsliteratur?«

»Wart doch mal ab«, antwortete Bockhorn, zog einen präch-
tigen Band aus dem Regal und reichte ihn mir. Ich schlug das
Buch auf. Es war leer. Wie die übrigen Bände dieser seltsamen
Bibliothek der Weltliteratur auch.

19

Ich wollte keine historischen Romane schreiben, trotzdem war ich interessiert daran, etwas über meine Vergangenheit zu erfahren. Im Keller der Staatsbibliothek gab es Lesegeräte für Mikrofiche. Die Zeitungen aus der Nazizeit wie zum Beispiel das *Hamburger Fremdenblatt* waren dort gespeichert. Die Zeitungen vom Ende der Dreißigerjahre berichteten ausführlich von den Heldentaten der Nazigrößen. Diese hatten viel geleistet und waren beim Volk beliebt.

Im März 1938 besuchte Adolf Hitler die Hansestadt. Er kam auf dem Dammtorbahnhof an und stieg mit seinem Gefolge im Hotel Atlantic an der Außenalster ab. Eine Rede von Goebbels war überall auf den Straßen mittels Lautsprecher zu hören. Goebbels freute sich über die »Deutsche Weltgeltung in der Luft«, dank der es gelungen wäre, die »Bolschewistischen Häuptlinge in Barcelona« auszuräuchern.

Am nächsten Morgen stand ein Besuch auf der »Wilhelm Gustloff« auf dem Programm, die an den Landungsbrücken festgemacht hatte, sowie ein Abstecher zu »Blohm und Voss«, wo etliche Kriegsschiffe auf Kiel lagen. Es herrschte eine fröhliche Aufbruchsstimmung wie fast überall im Reich in diesen Tagen.

Im *Fremdenblatt* wurde genau die Strecke geschildert, die Hitlers Konvoi nehmen würde. Angst vor einem Attentat schien er nicht gehabt zu haben. Seitdem er im Ersten Weltkrieg vier Jahre lang als Meldegänger fast unverletzt durch die Frontfeuer marschiert war, hielt dieser Hitler sich für berufen, vor plötzlichem Unheil gefeit und vom Schicksal für größere Aufgaben ausersehen.

Die Zeitungen enthielten von Anzeigen abgesehen nur nationalsozialistische Propaganda. Vehement wurde von Albion die Rückgabe der ehemaligen deutschen Kolonien gefordert. Hitler hatte schon viel erreicht (Rückgabe des Sudetenlandes, Besetzung der Tschechoslowakei, Österreich heim ins Reich). Goebbels erklärte in einem Artikel des *Fremdenblattes*, dass der Führer der größte Schachspieler aller Zeiten wäre. »Vor allem tun die Kiebitze gut daran zu schweigen, wenn ein Weltmeister spielt, der bisher alle Spiele gewonnen hat.«

Ich hätte gern gewusst, wie den Leuten im Allgemeinen und meinem Vater im Besonderen im Sommer 1939 zumute gewesen war und ob er ahnte, was auf ihn zukam – wohl eher nicht. Ich denke, er hatte mit seinem eigenen Leben zu tun. Auf jeden Fall hatte das Schicksal meine Eltern zusammengeführt – Tante Leonie erzählte oft davon – und zwar auf die folgende Art und Weise: Im »Sagebiel« (einem Tanzpalast) bildeten die jungen Frauen einen Kreis und um sie herum die Männer einen zweiten.

Die Musik setzte ein und beide Kreise drehten sich in entgegengesetzter Richtung. Plötzlich hörte die Kapelle zu spielen auf und die, die sich gegenüber standen, tanzten den nächsten Tanz. Seltsamerweise standen mein baldiger Vater und meine zukünftige Mutter sich zweimal nacheinander gegenüber, und das war Grund genug, sich fürs nächste Wochenende zu verabreden.

20

Ich wollte auf keinen Fall, dass Andreas Baader gefasst wurde. Ich wollte nicht, dass sie ihn kriegten. Er war einer von uns. Er verkörperte eine extreme Ausformung unseres Freiheitsverlangens: den zornigen jungen Mann, den Herrn Übermut-tut-selten-gut, Robin Hood und Che Guevara *made in Germany*. Er war der Revolutionär, der uns von unserem Elend erlösen würde wie Jesus Christus von unseren Sünden. Er war frech und unverfroren.

Seine Widersacher und Verfolger dagegen mochte ich überhaupt nicht: diesen sauertöpfischen Generalbundesanwalt, die hasserfüllten Leser der Bildzeitung oder die linientreuen Linken.

Wer von denen, die Baader kritisierten oder sich in den Medien über diesen Filou erregten, traute sich, in einem gestohlenen Porsche ohne Führerschein über die Autobahnen zu brettern, Banken zu überfallen und Sprengstoff in Kasernen zu deponieren? Das kannten wir anderen nur aus dem Kino. Die revolutionär Gesinnten konnten zwar klug reden, besaßen aber nicht genug Mumm, um solche Taten ernstlich zu erwägen, geschweige denn, sie wirklich zu vollbringen.

Ich glaube deswegen kaum, dass ich die Bullen alarmiert hätte, wenn Baby Baader vor meinen Augen bei Rot über die Ampel gebraust wäre oder wenn er nachts bei mir geklingelt hätte, um Unterschlupf zu suchen oder sich einen LSD-Trip abzuholen.

Stefan ließ über Christel anfragen, ob ich einen Aktivisten aus dem Umfeld der Bewegung 2. Juni aufnehmen würde.

Meine Antwort: »Vorbeischicken, wenn es sich nicht vermeiden lässt.« Die betreffende Person erschien allerdings nie. Wenig später wurde ihre Leiche im Wald entdeckt. Wie immer hatte ich nur oberflächliche Berührungen mit dem Lauf der Weltgeschichte.

Andreas Baader war ein Held – über die Berechtigung seiner Motive machten wir uns keine Gedanken. Bei Licht besehen, fanden wir sie sogar etwas aufgesetzt, aber solche Nebensächlichkeiten kamen kaum zur Geltung. Baader hatte es ebenso absichtlich wie ungewollt geschafft, dass alle Welt sich mit seiner Person beschäftigte, besonders von dem Zeitpunkt an, als Ulrike Meinhof bei seiner Befreiung in Berlin aus dem Fenster gehüpft und ihm nach war. Sie hatte für einen Moment den Kopf verloren und dabei den Fehler ihres Lebens begangen.

Sie war das Opfer eines LSD-Rausches geworden, den sie zusammen mit dem LSD-erfahrenen Baader und der in diesen Dingen eher zurückhaltenden Gudrun in ihrer Berliner Wohnung erlebt hatte. In der überscharfen Aufnahme ihrer drogenstimulierten Sicht war Andreas Baader ihr so erschienen, wie sie sich ihn wünschte und wie er sich gab: als Inkarnation von Fidel Castro und Che Guevara, als jugendliche Kraft, die bereit war, über alle Grenzen zu gehen, und dabei ganz lässig blieb.

Auf den Fahndungsfotos machten die beiden sich gut: die Baader-Meinhof-Bande – oder -Gruppe, wie ihre Anhänger sie genannt wissen wollten. Der böse Bube und die vornehme, hochnäsige, rechthaberische Journalistin aus den Elbvororten, die keine andere Wahrheit zuließ als ihre eigene. Ein peinlicher Alleinanspruch auf Welterkenntnis, der, wie man ja wusste, im

Gulag endete oder in Bautzen oder für falsche Propheten auch im Hochsicherheitstrakt.

Mit seinen Genossen versetzte Baader die gesamte Republik in Aufregung. Dieser Jüngling, so unverfroren blöd und sexy er auch war, machte Geschichte. Er hatte enorm Presse, die ganze Republik redete nur über ihn und seine RAF. Eine selbsternannte Unterabteilung der Roten Armee geisterte durch alle Medien. Baader war ein unverschämter Bursche mit einem unverschämten Grinsen – auch einer dieser Universalkünstler, die man überall traf, mit der auch gar nicht so seltenen Besonderheit, dass er zwischen Theater und Leben nicht so recht unterscheiden konnte oder wollte.

Die Existenz seiner Berühmtheit verdankte er den Medien. Wobei *verdanken* eine zweischneidige Vokabel ist. Schon die Kaufhausbrandstiftung, die Aufwiegelung von Fürsorgezöglingen durch die Frankfurter Lederjackenfraktion und die nachfolgende Flucht hatten ihm viel aufmunternde Presse eingebracht, und also musste er auf seinem anscheinend erfolgreichen Weg weitermachen. Er kannte ja keinen anderen. Und klein beigeben war bei Rebellen ohne Grund nicht vorgesehen. Von einem bestimmten Zeitpunkt an muss Baader sich als Held gefühlt haben. Nicht als ein Kinoheld, wenngleich er ständig Kino machte im Leben, sondern darüber hinaus als Held in historischer Mission. Und hier beginnt der Wahnsinn. In seinem jugendlichen Übermut hat er zu spät bemerkt, dass er wie ein jesuitischer Internatsschüler in der Falle saß und missbraucht wurde. Die Presse, das Feuilleton, das Fernsehen, alle lebten von seiner Action.

Er war wie jeder herausragende Künstler ein Hochleister der Abweichung, wie Bazon Brock das nannte. Er war Baby

Baader, der Storylieferant. Er war den netten Herrschaften in den Medien, die sich an den Taten bereicherten, die er inszenierte, und zu denen sie nicht fähig waren, auf den Leim gekrochen. Das hat er frühestens im Gefängnis begriffen. Verständlich, dass er sich furchtbar ärgerte und in hilfloser Wut seine Richter als »Faschisten« beschimpfte.

Baby Baader lieferte eine sehr gefragte Story. Es ging dabei um Revolution, und Revolution war Mode. Die französische Revolution, die russische Revolution, die chinesische Revolution, die kubanische Revolution, die Revolutionen in der Dritten Welt – und nach all diesen glorreichen Kämpfen um Befreiung und gegen »Unterdrücker« brauchten wir in unserem kleinen Muckerland endlich auch unsere eigene Revolution. Am besten gleich als Ausgangspunkt für die Weltrevolution. Baby Baader war Avantgarde.

SPIEGEL und *konkret* pumpten die naive, gutgläubige Jugend mit revolutionärem Nonsens voll, während die bürgerlichen Verlage mit dem Verkauf von Schriften voller undurchsichtiger Theorien von Bloch, Adorno oder Herbert Marcuse stattliche Vermögen anhäuften. Die revolutionäre Stimmung der Jugend war ein Riesengeschäft.

Baby Baader unterwegs mit einer überkandidelten Pfarrerstochter aus dem Schwäbischen und einer durchgeknallten Intellektuellen aus den Elbvororten, gesteuert von den westdeutschen Medien, die seine Action dringend benötigten, ganz zu schweigen von dieser popeligen DDR, die ebenfalls davon zu profitieren hoffte.

Banküberfälle, cool, wer mochte keine Banküberfälle, Attacken auf US-Kasernen, als Vergeltung für Vietnam, klar, gute Sache, musste sein, aber man konnte sein Geld auch nicht schlecht damit verdienen, wenn man *dagegen* war. Und weiter im Film: junge Frauen von Polizeikugeln in den Kopf getroffen, Bullen, die umgelegt und Unbeteiligte, die durch verschlossene Zimmertüren von Polizeikugeln durchsiebt wurden. Kurz, dieser smarte Andreas Baader brachte endlich auf den Punkt, was die Revolution, die mit so großen Aufwand herbeigeredet worden war, eigentlich war: Gewalt, ein Exzess an Gewalt.

21

Gail Thompson wohnte in einer Einraumwohnung an der Feldstraße, dem Heiligengeistfeld gegenüber. Ihre Sitzkissen, variierbar und mit lila Cordstoff überzogen, stammten aus den Endsechzigern. Als Unternehmerin in einer Firma der Subkultur, die Lightshows für Striplokale auf der Großen Freiheit oder für Frank Zappa bei dessen Auftritt in der Dortmunder Westfalenhalle organisierte, hatte sie nicht zu knapp Geld verdient, das sie jetzt verbrauchte. Ihre Barschaft würde ausreichen, um das Jahrzehnt ohne Arbeit zu überstehen.

Ich erzählte ihr von meiner Idee, eine literarische Zeitschrift zu gründen, und sie zeigte mir daraufhin ihre Notizen, die sie während eines Trips durch die USA gemacht hatte. »He, Lady, das zeugt aber von echtem Talent!«

»Eben noch mit einem sehr aufgeräumten, vom üblichen jungen Mann begleiteten Allen Ginsberg aufwärts im Fahrstuhl im Zimmer 332 des Chelsea-Hotel angekommen, muss ich erst einmal ein halbes Dutzend und mehr Kakerlaken töten. Howl! New York City. Village. Chelsea. Factory. Auf den Spuren? Der Ginsberg wohnt wirklich hier.«

Die Beatdichter zählten zu den Vorfahren, die wir uns selbst ausgesucht hatten. Ich fand zwar, dass ihre Bekanntheit größer war als ihre Leistung als Künstler, aber es war ihr Lebensstil, der mächtigen Einfluss ausübte und viel veränderte. Ich mochte Miller und Bukowski lieber als Kerouac und Burroughs. Zumindest schrieben alle vier keine Geschichten, die in der bürgerlichen Mittelschicht spielten, und damit war schon viel gewonnen.

Gail Thompson hatte bereits mit sechzehn allein gelebt. Ihr Vater war ein in Hanau stationierter GI, der schon bald nach ihrer Geburt in die Staaten zurückkehrte. Über ihre frühe Jugend wusste ich fast nichts. Sie sprach selten darüber. Ihr Leben schien erst Mitte der Sechzigerjahre begonnen zu haben, als sowohl die Stripteaseläden wie auch die Rockbands bei ihren Auftritten eine neue, moderne Beleuchtung brauchten.

Die heiße Phase ihrer Geschäfte im Lightshowgewerbe hatte Gail Thompson nicht überstanden, ohne sich mit der Nadel zu stimulieren. Ihre Wangen waren auf interessante Weise eingefallen. Ihre Haut war bleich, selbst im Sommer und im Süden bräunte sie kaum. Und das da in ihrem Gesicht links und rechts neben ihren Augen – man wusste nicht so genau: Sind das nun Narben oder Falten?

Jedenfalls fand ich in Gail eine erste Mitstreiterin bei meinem Plan, eine Zeitschrift zu gründen. Dabei war es von Vorteil, dass sie mich als Frau nicht interessierte. Ich fand sie nicht anziehend. Sie war zu ausgezehrt, zu mager, zu hart, zu bestimmend. Sie besaß keine Spur von Einfühlsamkeit, jedenfalls nicht mir gegenüber. Sie hatte im Grunde einen männlichen Charakter. Wenn ich etwas sagte, so behauptete sie das Gegenteil. Sie schien prinzipiell immer alles anders zu sehen als ich.

Der Verlag Zweitausendeins brachte einen Nachdruck aller bisherigen Hefte der *Akzente* heraus – sechs dicke, schwarze Bände zu einem so verführerischen Preis, dass ich nicht widerstehen konnte. Der Inhalt gefiel mir zu meiner großen Enttäuschung leider überhaupt nicht. Ich spürte deutlich immer wieder eine unüberwindliche Abneigung gegen das, was ich in dieser seriösesten westdeutschen Literaturzeitschrift zu lesen bekam.

Ich blätterte vor und zurück, las, war abgestoßen, ließ etwas Zeit vergehen, blätterte, las erneut, gleiche Wirkung, gleicher Eindruck. Ich versuchte vergeblich, irgendeinen Lichtschimmer zu erspähen, irgendetwas Brauchbares zu finden, irgendeine Stimme, die mich ansprach, fand aber nur mühsam zusammengestoppelte intellektuelle Freiübungen ohne Charme, Glanz, Wildheit oder Selbstironie, nichts von der Lockerheit und Lässigkeit bei gleichzeitiger Intensität und persönlicher Unverwechselbarkeit, die ich in anderen Büchern, bei anderen Schriftstellern und Poeten deutlich spürte und um derentwillen ich überhaupt zu lesen und zu schreiben begonnen hatte.

Die pestschwarzen Bände des Nachdrucks lagen eine Weile auf meinem Schreibtisch herum, bis ich sie eines Tages packte, mit ihnen unter den Armen den Flur entlang nach draußen hastete und sie in die Mülltonne versenkte, die im Hausflur stand. Deckel zu, und Ruhe, von einer unangenehmen Präsenz in meinen Räumen befreit. Ich bin eigentlich gar nicht so. Ich gehe sehr sorgsam mit Büchern um.

Im Schröder stand ein kurzbeiniger Mann mit schwarzem Schnauzbart an einem Tisch am Fenster. Er schmauchte aus einer Krummpfeife wie ein Waldschrat, und eine dicke schwarze Haarsträhne fiel ihm ins Gesicht. Der Mann trug einen dunkelbraunen Breitcordanzug. Himmel, das ist doch Günter Grass, schöne Scheiße, fluchte ich still vor mich hin.

Eines seiner Bücher hatte ich mit zwanzig gelesen, sogar die französische Ausgabe mit dem Titel »Le Tambour«. Das Buch hatte meiner Pariser Freundin Mireille und mir im Winter als Bettlektüre gedient. Es war bitterkalt, die Wohnung ohne Heizung, und es fehlte uns an Barem, um wie Sartre, Camus, de Beauvoir oder Boris Vian die Nachmittage in gutgeheizten Cafés zuzubringen. Ich erinnerte mich, dass ich auch das folgende Buch »Katz und Maus« gemocht hatte, danach aber war Schluss mit Günter Grass. Ich war nie mehr über die ersten Seiten seiner Bücher hinaus gekommen. Grass war ein echter Versager.

Hinzu kam, dass das Feuilleton Tausende von Seiten zum Ruhm dieses Unmenschen aufs Lesepublikum herabregnen ließ.

Medienberühmtheiten im wirklichen Leben zu begegnen ist meistens enttäuschend. Sie wirken kleiner und unbedeutender als geschminkt und im Licht der Kamera.

Dass ich Grass nicht kennenlernen wollte, war ja noch verständlich, aber dass ich auch nicht daran dachte, Henry Miller zu begegnen, schon weniger. Henry Miller lebte in Pacific Palisades, aber zu ihm zu reisen empfand ich als unangebracht. Vielleicht wusste ich instinktiv, dass der Mann, dem ich begegnen würde, nicht der Henry Miller sein würde, den ich aus den Büchern kannte? Ich war mit dem Henry Miller, wie er sich in den Büchern zeigte, zufrieden. Für mich existierten Schriftsteller in ihren schriftlichen Zeugnissen. Was sie als Person waren, interessierte mich nicht. Das war keine Ablehnung ihrer Person, in keiner Weise. Mich faszinierte das geschriebene Wort, nicht die Person in Fleisch und Blut. Das war eigentlich ja auch normal. Andererseits suchte ich geistigen Kontakt, das scheint ein natürliches Bedürfnis zu sein, und der kam über die Bücher besser zustande als über flüchtige Begegnungen mit Berühmtheiten.

Wirklich anfreunden konnte man sich mit Berühmtheiten nicht. Die Tatsache, dass sie schon bekannt waren, bevor man sich ihnen in durchaus freundschaftlicher Absicht näherte, wirkte wie eine unsichtbare Barriere.

22

Ich arbeitete weiterhin jeden Dienstag bei der *ZEIT* als Korrektor. Mein Gefühl von Fremdheit verschwand nicht. Diese Journalisten schrieben so schlecht! Schlappes, welkes Geschwafel. Eine tranige, trübe Suppe aus Wörtern. Wie sollte ich Fehler in der Orthographie finden, wo ich mich ständig abgestoßen fühlte?

Gail besaß schriftstellerisches Talent, aber unterdrückt, so wie ich, fühlte sie sich nicht. Wie auch, sie hatte ja noch kein Buch fertig. Sie konnte nicht mitreden, was sie nicht daran hinderte, es ständig zu tun. Sie war literarisch angefixt, auch wenn sie selbst sich in diesem Moment vielleicht noch nicht darüber im Klaren war. Die Literatur hatte sie am Haken. Sie redete von nichts anderem mehr.

Nach der Schule hatte sie eine Weile beim *Oldenburger Tageblatt* volontiert, war also nicht völlig unerfahren im Schriftverkehr. Und was die anderen betraf: Cohn dichtete weiterhin undurchschaubares, aber beeindruckendes Zeugs. Sein »Regenwald« erstreckte sich inzwischen über Hunderte von Seiten. Wyborny, dem wir oft spätnachts im Cosinus begegneten, drehte Filme und komponierte Bildfolgen nach mathematischen Gesetzmäßigkeiten. Er war Naturwissenschaftler mit Hang zur Undergroundszene.

Der Undergroundfilm hatte ein breites Publikum. Es gab Filmfestivals in großen Kinos, die nur Filme vorführten, die nicht das Übliche zeigten, sondern beispielsweise die Bilder lange, sehr, sehr lange stehen ließen. Sechseinhalb Stunden durfte man einen schlafenden Mann betrachten, wenn man nicht selbst dabei einschlief. Fünfundvierzig Minuten lang aß jemand einen Pilz. In einem anderen Film war acht Stunden lang das Empire State Building zu sehen.

Diese überdimensionierten Augenblicke sorgten in der Kunst für Aufregung. Es ging nicht darum, die Wirklichkeit auf die gewohnte Weise ab- und nachzubilden, sondern ungewohnte narrative Strukturen und eine neue Wirklichkeit zu schaffen, behaupteten die Experimentalfilmer.

Ich fand das interessant, war aber zugleich auch misstrauisch, denn Henry Miller hatte keinen dieser Gedankengänge jemals erwähnt, und meine anderen literarischen Vorbilder ebenfalls nicht.

Ungewohnte narrative Strukturen konnten auch Gift sein, wenn man die gewohnten nicht beherrschte. Ich wollte unmittelbar schreiben, die Gegenwart abbilden, jetzt, genau in diesem Moment sind wir da. Hallo! Ich grüße Sie! Auch das hatte auf den ersten Blick etwas Undurchschaubares. Auch ich machte Experimente, welche die verbale Abbildbarkeit von Gegenwart betrafen.

Bei der *ZEIT* wurde ich bald darauf entlassen, aber ich konnte mich darüber in keiner Weise beklagen. Ich erhielt einen langen Brief vom Chef des Feuilletons, der in der Bemerkung endete: »Wir hatten bisher nur einen einzigen Korrektor, der noch weniger orthographische Fehler gefunden hat als Sie, und das war Heinrich Böll!«

23

Mein Aufruf, eine literarische Zeitschrift zu gründen, fand überraschend starken Widerhall. Neben Cohn und meinem Mitbewohner Alfred erschienen noch Klaus Wyborny, Hannes Hatje, Peter Waldheim, Christoph Derschau, Holger Güssefeld und Gail Thompson zur Gründungssitzung in meinem Bibliothekszimmer.

Güssefeld war ein komischer Mensch. Ich mochte ihn. Er war etwas schräg drauf. Er arbeitete als Werbetexter. Er schien keinen Unterschied zwischen Lyrik und Werbetexten zu sehen. Ihm fehlte die Abneigung gegen Kalauer. Er war auf jeden Fall völlig frei von künstlerischer Begabung. Waldheim war Adornospezialist, Privatgelehrter und feinsinniger Prosaist, der noch zu Hause bei seinen betagten Eltern lebte. Wyborny war ein geistreicher Bursche, der gern überraschende und von niemandem erwartete Geistesblitze abfeuerte. Hatje erschien mir etwas seltsam, manchmal war er leicht verschmitzt, dann wieder legte er eine gewisse Arroganz an den Tag. Er hatte etwas Trotziges, wie ein Kind, das unbedingt seinen Willen durchsetzen will. Wir bauten bald eine gesunde, wechselseitige Abneigung auf. Erst sehr viel später erfuhr ich, dass er der in den Underground abgetauchte Spross eines wohlhabenden Stuttgarter Kunstbuchverlegers war. Damals fragte niemand, woher jemand kam. Es zählte nur die Tatsache, dass man da war.

»Was für eine Art Zeitschrift soll das werden?«, wollte Cohn, der sich wie üblich sofort zum Wortführer aufschwang, gleich zu Beginn der Sitzung wissen. »Soll die Bourgeoisie als Ganzes bekämpft werden oder nur eine bestimmte Erscheinungsform der Bourgeoisie, also zum Beispiel der Literaturbetrieb? Man kann auch gegen die Orthographie kämpfen!«

»Ich bin dagegen«, sagte Waldheim.

»Und weshalb?«, wollte Cohn wissen.

»Ich halte das für überflüssig. Das ist nicht auf dem Niveau theoretischer Erkenntnis.«

»Das ist mir doch scheißegal.«

»Du spielst eben den Anarchisten.«

»Die Schüler in der Schule werden gezwungen, Wörter, die sie schon lange aussprechen können, in einer bestimmten Art und Weise zu schreiben. Ein Schriftsteller, wenn er sein Buch schreibt, wird zu einer bestimmten Einheit, einer bestimmten Systematik gezwungen.«

»Wenn man sich nicht auf eine Orthographie einigt, kann man sich gar nicht verständigen«, meinte Gail.

»Man könnte doch ein gewisses Maß an Falschschreibung zulassen. Die Folgen könnte man diskutieren. Ich will aber nicht lange darauf herumreiten«, lenkte Cohn ein, »meine Frage ist nur, wogegen wir kämpfen wollen.«

»Es sind vitale Sachen vorhanden, die nirgends abgedruckt werden«, sagte ich, »genau das löst die Zeitschrift aus.«

»Was heißt denn vitale Sachen?«, maulte Gail, »diese Ansicht ist doch ganz subjektiv.«

»Ich finde, die Zeitschrift sollte eine Plattform werden, um den Anspruch auf Liebe, Ficken, Schönheit, Revolution, Chaos …«, hob Cohn an.

»Einspruch!«, rief Waldheim dazwischen, »Chaos und Revolution müssen weg.«

»Wieso Chaos weg? Wieso Revolution weg?«

»Die Revolution passiert nicht auf dem Papier«, bemerkte Gail.

»Vorne muss immer 'ne Frau abgebildet werden«, ereiferte sich Cohn, »das soll nicht heißen, dass sich drinnen alles um die Frau dreht, aber es muss sein, damit man es nicht vergisst. Das wird einfach eine moderne Herrenzeitschrift!«

»Und der Titel?«

»Ich bin für Boa Vista«, sagte Hatje.

Der Name »Boa Vista« klang fremd und verführerisch, und er hatte keinen verbrauchten Bedeutungskontext. Jeder von uns hatte einen interessanten Text vorzuweisen – man musste nur alle zusammenwerfen und fertig war die Zeitschrift. Wir druckten 500 Stück und verteilten sie auf die umliegenden Buchhandlungen. Sie waren im Nu vergriffen, beziehungsweise falls dies übertrieben ist, *Boa Vista* fand Abnehmer und das, obgleich auf dem Cover keine halbnackte Frau, sondern nur ein kleines Bild des Faustkämpfers Jack Dempsey zu sehen war. Der Titelentwurf stammte von Christoph Hemmerling, der mit dieser Leistung das Vertrauen aller erwarb und auch die Titel aller folgenden Nummern gestaltete. Hemmerling wohnte zusammen mit Wyborny und Hatje in der Kommune »Gobsek« an der Alten Rabenstraße. Die drei bildeten eine eingeschworene Gemeinschaft.

Gail war mit beachtlicher Energie bei der Sache. Das Zeitschriftenprojekt nahm große Teile ihres allabendlichen verbalen Ausstoßes ein. Sie war eine Frau, die gern und viel redete. Die Natur hatte sie in dieser Hinsicht, mit der Abwesenheit einer Sperre ausgerüstet.

Ich dachte schon über die Zeitschrift hinaus, nämlich wie und wo ich mein nächstes Buch verlegen könnte. Ich war so unvorsichtig, ihr davon zu erzählen. Gail hatte nichts Eiligeres zu tun, als mir diese Aussicht zu vermiesen. Sie erklärte, sie selbst sei noch lange nicht soweit, um sich um »privilegierte Publikationsplätze« bewerben zu dürfen. Genauso drückte sie es aus: »privilegierte Publikationsplätze«.

Die Sache war die: Wenn Gail noch nicht soweit war, etwas von ihr Verfasstes verlegen zu lassen – gab sie mir unterschwellig zu verstehen – dann war ich es noch lange nicht. Mein erstes Buch war von Rowohlt, Hanser und Klett-Cotta abgelehnt worden. Beweis genug, dass ich noch nicht soweit war, wenn ich es überhaupt jemals schaffen sollte. Es war ja auch wirklich widersprüchlich: meine Abneigung gegen die Mittelschicht und mir gleichzeitig zu wünschen, von ihren Leuten propagiert werden. »Ich will ja nur den Platz, der mir zusteht«, meinte ich trotzig zu Gail.

»Wer legt dir denn Hindernisse in den Weg?«, erwiderte sie verständnislos. »Du hast kein Buch, das einen Verleger interessieren könnte.«

Was sie nicht verstand oder nicht verstehen wollte: dass ich mich berufen fühlte. Diese Berufung existierte, ebenso wie das Gefühl, als Schriftsteller unterdrückt zu sein. Zwar lechzte ich nicht in derselben Weise nach Theater wie C. C. Cohn, ich war zurückhaltend und bescheiden, dennoch erwartete ich etwas mehr Interesse und ein wenig mehr Offenheit von Seiten des Literaturbetriebs. Cohn, der sich leicht begeisterte, erklärte, dass ich etwas Einmaliges leisten könnte, wenn ich nur aufhörte, mit meinen Kräften zu sparsam umzugehen und mich zu sehr zu dosieren. Aber mit dieser Einschätzung ging er von seiner eigenen Person aus. Er war es, der seine Kräfte hemmungslos verschwendete und dem jedes Mittel recht war, um

Aufmerksamkeit zu bekommen und um seinen Lebensgenuss zu steigern.

24

»Hier ist Tina. Ist Cohn bei dir?«

Es war drei Uhr nachts, und ich hatte mich gerade mit einem Buch ins Bett gelegt.

»Nein, ich habe ihn nicht gesehen.«

»Dieser gemeine Hund. Er hat gesagt, dass er spätestens um eins zurück ist. Er hat versprochen, diesmal bestimmt pünktlich zu sein.«

Ich hatte schon gehört – und zwar von ihm selbst – dass er sich strikt daran hielt, morgens um sieben von seinen nächtlichen Ausflügen zurück zu sein, weil Tina nämlich um diese Zeit aufstand und sich für die Arbeit fertigmachte. »Ich hab heute frei, und da ist es besonders gemein, wenn er nicht kommt. Weißt du, wo er sein könnte?«

»Leider nicht, Tina!«

»Er ist jede Nacht unterwegs, allmählich reicht es mir.«

»Du weißt ja, auf was für einen Filou du dich eingelassen hast«, sagte ich. »Er kann auch sehr charmant sein.«

»Ich weiß«, sagte sie. »Aber ich leide zu sehr unter ihm. Wenn er so weiter macht ... Neulich hat er mir ein blaues Auge gehauen.«

»Warum denn das?«

»Aus Eifersucht. Cohn ist krankhaft eifersüchtig, aber er selbst macht, was er will. Es geht mir im Moment überhaupt nicht gut.«

»Kann ich dir irgendwie helfen?«, fragte ich.

»Ich weiß nicht«, sagte sie, »hast du denn Zeit?«

»Ja, ich fühl mich eigentlich ganz frisch. Komm doch einfach vorbei, wenn du willst.«

»Das ist, glaube ich, nicht so eine gute Idee. Nachher taucht er plötzlich bei dir auf, wenn ich da bin.«

»Macht er nicht.«

»Ist mir trotzdem zu gefährlich«, sagte sie.

Wir verabredeten uns im Gibi am Neuen Pferdemarkt. Tina erzählte mir ausführlich, wie sie unter diesem Hundesohn von Cohn zu leiden hatte und wie sehr er sie vernachlässigte. Wir nahmen ein paar Drinks, und mein Mitgefühl mit ihr wuchs. Sie musste sich wirklich sehr einsam fühlen, die Ärmste. Und das in diesen kalten, nebligen Winternächten, morgens um vier.

Als das Gibi schloss, gingen wir ins Hotel Pacific und nahmen uns ein Zimmer. Ich weiß nicht, warum sich das Weitere zwischen uns auf dem Fußboden abspielte. Tina jedenfalls lag auf dem Teppich, und in dem Maße wie ich aktiv wurde, rutschte sie rücklings Zentimeter um Zentimeter durchs Zimmer. Etliche Meter wurden auf diese Weise zurückgelegt, ungeplant, es ergab sich von selbst. Wir bemerkten die Verschiebung erst, als wir kurzfristig zur Besinnung kamen, um dann auf dieselbe Weise und mit den gleichen Begleiterscheinungen von neuem zu beginnen.

25

Christoph Derschau verfügte als einziger von uns über gute Kontakte zum Literaturbetrieb, die er ungefragt einbrachte. Mit einer freundlichen Seele ausgestattet, versuchte er, uns behilflich zu sein. Eigentlich hieß er Christoph *von* Derschau, doch im Zuge der modernen Gleichheitsideen hatte er das aristokratische »von« abgelegt.

In ihm steckte jedoch immer noch der Aristokrat, der sich zu benehmen wusste. Mit seiner weichen, nachgiebigen Art und den hängenden Schultern erschien er mir andererseits manchmal etwas schlaff. In seinen Gedichten war häufig vom Tod die Rede. Folgte er damit einer dekadenten Lyrikmode, oder ahnte er sein frühes Ende voraus?

Derschaus Gedichtbände »Die Ufer der salzlosen Karibik« und »Kopf voll Suff und Kino« wurden vom bürgerlichen Feuilleton gelobt. »Im neuen Subjektivismus ist Christoph Derschau der Subjektivste«, konnte man dort aus der Feder Helmut Heißenbüttels lesen, was sehr plakativ klang, aber eigentlich unsinnig war, denn Cohn, Hatje oder Hilka Nordhausen waren mindestens ebenso subjektiv wie Derschau. Außerdem war Subjektivität kein Qualitätskriterium, genauso wenig wie Objektivität. Aber ganz egal: die Fürsprache Heißenbüttels bewirkte, dass Derschau in einem so unangenehm bürgerlichen Verlag wie S. Fischer verlegt wurde.

Derschau war auch einer der wenigen von uns, der eine feste Anstellung annahm, nämlich als Dokumentarist bei Gruner und Jahr. Gut, damit strapazierte er seinen Geist nicht so sehr, als wenn er die Kulturjournalistenkarriere eingeschlagen hätte, andererseits musste er tagtäglich seine Stunden absitzen.

Innerhalb der Gruppe stand Derschau im Schatten C.C. Cohns, der vom Feuilleton allerdings ignoriert wurde. Derschau fehlte Cohns wildes Talent. Dafür reiste er – vielleicht auch dank seines Gehalts – in der Welt herum, trat bei internationalen Lyrikfestivals auf und besuchte Charles Bukowski in L.A. Eines Tages erzählte er ganz begeistert, dass er Mick Jagger im Flugzeug begegnet sei. Wir schüttelten mitleidig unsere Häupter. Kein anderer als eben dieser seltsame Derschau wäre auf die Idee gekommen, irgendeinen der großen Dichter oder Popstars anderswo als auf den Seiten, die sie geschrieben hatten, oder beim Hören ihrer Songs aufzusuchen. Wir waren bei dem Wunsch nach persönlicher Begegnung mit berühmten Künstlern sehr zurückhaltend.

Was steckte dahinter? War es jugendliche Selbstgenügsamkeit, unverfrorene Stärke oder bloß Unsicherheit? Was noch hinzukam: Wir interessierten uns entgegen dem Zeittrend in erster Linie für unsere eigenen Probleme und danach erst für die der sogenannten Gesellschaft. Und für die sogenannte »Mitte« dieser Gesellschaft interessierten wir uns überhaupt nicht. All diese braven Leute, die nichts anderes im Sinn hatten, als ihr Säcklein mit Golddollars zu füllen, um danach in Ruhe leben zu können – deren Wohl und Wehe konnte man getrost den Journalisten überlassen, die damit ihr Geld verdienten. Was uns verband und unsere Gruppe zusammenhielt, war die Abneigung gegen den Mainstream.

Derschau hatte also Bukowski in L.A. besucht, Jürgen Ploog* besuchte Burroughs in dessen Bunker an der Bowery.

Fauser besuchte sowohl Burroughs wie auch Bukowski – allerdings mit einem Auftrag von *twen* in der Tasche.

Wenn man einen Auftrag hatte, so änderten sich die Voraussetzungen. Man befand sich im Bereich der Kulturverwertung, nicht mehr im Bereich des Persönlichen. Die Kulturverwertung gehörte in den Bereich der Vermarktung. Es war sehr interessant, Interviews zu führen, aber ein Interview war kein persönliches Gespräch. Häufig weckte es den Anschein persönlicher Äußerung, aber diese Offenherzigkeit trog.

---

*Jürgen Ploog, flog 37 Jahre lang Boeing 747 Jumbo-Jets der Lufthansa. Graue Eminenz des Undergrounds.

26

Neben der eher männlichen Gail Thompson war Hilka Nordhausen die einzige Frau in unserer Clique, und irgendwie war sie auf die Idee verfallen, eine Buchhandlung zu gründen: die Buchhandlung Welt, Marktstraße, Karolinenviertel, auf Underground spezialisiert. Später erfuhr ich, dass Hilkas Eltern eine Apotheke besessen hatten. Sie war also mit Ladengeschäften aufgewachsen.

Die Stimmung in der Buchhandlung Welt war meistens gedrückt. Die Mischung aus antikommerzieller Grundhaltung und Verkaufen hatte was Ungesundes. Der Laden lief nicht gut.

Überhaupt war Hilkas Leben anstrengend. Sie rauchte Kette, und der Alkohol schwemmte sie nach und nach auf. Bei ihr ein Buch oder eine Zeitschrift erstehen zu wollen, erwies sich immer wieder als eine harte Prüfung und ein schwieriges Unterfangen. Der Käufer musste erst einmal seine Daseinsberechtigung beweisen, bevor er Wünsche äußern durfte, die eventuell bedient wurden oder auch nicht. Man wurde hier nicht wie in normalen Buchhandlungen als Kunde umschwärmt oder auch nur sachlich bedient, sondern musste sich vorher um die Stimmung der Ladenbesitzerin kümmern. Mich mochte Hilka, und ich mochte sie auch. Grundsatzfehden fochten wir keine aus. Wir hatten einmal Sex zwischen Sperrmüll gehabt, dieses Kapitel war für uns beide abgehakt, und keiner von uns dachte jemals wieder daran.

Wenn ich den Buchladen betrat, war Hilka in der Regel schwer verkatert und mies drauf. Sie schickte mich los, um Zigaretten und Korn zu besorgen. Sie hatte sich für die Kunst

und gegen das Gesundheitswesen entschieden und sich gewei-
gert, als Apothekerin die Nachfolge ihrer Eltern anzutreten.
»Um mich gegen sie zu wehren, habe ich ins Waschbecken ge-
pisst, ich musste was tun, denn ich hatte bereits angefangen, es
normal zu finden, dass sie sich zwanzigmal am Tag die Hände
waschen und dreimal täglich die Türklinken desinfizieren. Ich
bin in nichts integrierbar, ich fühle mich nicht verantwortlich,
ich bin nicht pflichtbewusst, ich habe nicht vor, mich für oder
gegen das System zu engagieren, ich lebe nicht in Beziehung
zu anderen. Unter diesen Bedingungen ist jede Beziehung
Kompensation. Ich will mich nicht identifizieren. Ich akzep-
tiere nur meine eigenen unmittelbaren Erfahrungen und habe
alle Bücher hinter mir gelassen. Ich habe endgültig nein gesagt
und habe mit nichts mehr was zu tun.«

Das war Hilka, so wie ich sie liebte. Und deshalb holte ich ihr
auch jeden Schnaps, den sie von mir verlangte. Sie wusste, dass
eine Buchhandlung, wenn auch auf Undergroundniveau, nicht
die richtige Lösung war. Deshalb war die Buchhandlung Welt
von Anfang an ein Ort für Künstlertreffen und Kunstaktionen;
die Leute von *Boa Vista* kamen hierher, und später traf sich
die abgespaltene *Henry*-Gruppe um Wyborny und Emigholz
zu »Henry trainiert«. Die Zeitschrift *Henry* wurde kurz darauf
in *Nancy* umbenannt. Jede der folgenden Nummer sollte einen
neuen Namen bekommen.

Aber Hilkas Aktivitäten gingen weit über die Zeitschriften
hinaus. Die Buchhandlung selbst wurde in ein Kunstwerk verwandelt. Die Stirnwand des Raumes wurde bemalt, aber nach
der Mode der Vergänglichkeit – Kunstwerke zielten nicht mehr
auf ewiges Bestehen – existierten die Wandmalereien nur bis
zur Übermalung durch das nächste Bild. Ich dagegen gehörte

noch der altmodischen Ewigkeitsfraktion an. Ich wollte, dass meine Bücher Jahre später noch gelesen wurden.

Die Aktionen, Filmvorführungen, Vernissagen und Lesungen waren nie von der Art, dass man sich bequem zurücklehnen und genießen konnte. Die stillschweigende Affirmation und das Konsumieren des vom Kulturbetrieb Abgesegneten – wie später in den offiziellen Literaturhäusern oder bei den Literaturfestivals, die kommerziell orientiert ihre Nase nach dem Wind hängten – kamen hier nicht vor. Viele der Darbietungen in der Buchhandlung Welt fielen dem Zuschauer unter dem Vorwand, seine Rezeptionsgewohnheiten zu verändern, absichtlich auf die Nerven.

Entsprechend waren die Meinungen geteilt, keiner war je genau der Meinung des anderen, es gab keinen allgemeinen Konsens, wenn andererseits auch Verständnis- und Freundschaftsachsen aufgrund gemeinsamer Interessen wie zum Beispiel für Experimentalfilme, in denen die Dinge so gefilmt und die Bilder so komponiert wurden, wie es im Film bis dahin noch niemals zu sehen gewesen war.

Die Szene hatte etwas Faszinierendes. Man glaubte daran, dass es medial, das heißt in den Medien, eine andere Welt geben könnte als die *offizielle*. In der Buchhandlung Welt gab es Hunderte von Alternativzeitschriften, alles was im Underground Rang und Namen besaß und vieles ohne Namen und mit zweifelhaftem Rang. Allerdings gewann die Buchhandlung Welt mit der Zeit an Renommee, und eines Tages kam sogar Allen Ginsberg vorbei.

Noch ein anderer Beatdichter trat auf, Jack Micheline. »Und wie war er?«, fragte ich Hilka. »Er hat besoffen alles versucht, mich ins Bett zu kriegen«, sagte Hilka. In solchen Momenten fand ich sie toll. Es gab wirklich häufig sehr sympathische Augenblicke mit Hilka, sie hatte so eine merkwürdige Art, über den Rand ihrer Brille zu schauen.

27

Helmut Heißenbüttel klingelte um elf Uhr morgens genau zur verabredeten Zeit an unserer Haustür. Alfred hatte sich noch nicht aus dem Bett erhoben. Aus seinem Zimmer waren leise Töne irgendeiner Frühmusik aus dem Radio zu vernehmen.

Ich hatte schon Kaffee gekocht und Kaffeetassen, Milch und Gebäck auf dem Marmortisch gestellt. Wir nahmen in den beiden Sesseln Platz, Heißenbüttel in dem bequemen roten, in dem nachts immer die Mädchen warteten.

Heißenbüttel lebte in Stuttgart, hasste die schwäbische Provinz und liebte Hamburg. Wir fingen sofort an, uns zu unterhalten. Von ihm ging nichts Bedrängendes, Einschränkendes aus. Mir war keine Sekunde langweilig, im Gegenteil, es war alles pausenlos interessant, ja spannend, wir redeten beide über das, was uns am meisten interessierte, Autoren, Ideen, Bücher, Meinungen. Gegen Mittag war unsere Unterhaltung beendet, Heißenbüttel zückte ein winziges Notizbuch und erkundigte sich, zu welchem Autor der Gegenwart oder der Vergangenheit ich mich in seinem Programm äußern wolle? Er notierte den Namen in ein winziges Notizbuch. Der Auftrag war damit erteilt.

Heißenbüttel gehörte der Gruppe 47 an. Als Essayist und als experimenteller Schriftsteller hatte er einen untadeligen Ruf. Heißenbüttel leitete das Studio für Neue Literatur beim Süddeutschen Rundfunk, wo alles zu Wort kam, was Rang und Namen hatte. Wie ich erfuhr, konnte man sich dort frei äußern, ohne dass Heißenbüttel auf die Idee verfallen wäre, etwas an den Manuskripten zu ändern.

»Wieso kommt dieser Heißenbüttel mich immer wieder besuchen?« fragte ich eines Tages Gail, »das ist hier doch Underground, vollkommen unten, tiefstes St. Pauli.«

»Ach, das findet der interessant«, meinte sie nur.

Das Deutsche Schauspielhaus stellte unserer Truppe seine Experimentierbühne zur Verfügung. Die Vorstellung war restlos ausverkauft. Die Gage wurde allerdings nicht ausgezahlt, weil angeblich Mikrofone entwendet worden waren. Man unterschied in »Hochkultur« und »Alternativkultur«. Das war eine schöne Alternative. Die eine Seite, die »Hochkultur«, besaß alle Mittel, Posten, den ganzen Apparat und all die Medien, die wie Werbeagenturen für sie arbeiteten. Wir dagegen hatten nur unsere Freiheit, inklusive jugendlicher Begeisterung und Übermut.

Die Zuschauer waren schon vor Beginn der Veranstaltung in angeregter, erwartungsvoller Stimmung. Die Scheinwerfer beleuchteten taghell einige Tische, die nah an der Bühne standen, als einer unser Dichter, Jürgen Klein, auf seinem Stuhl kippelnd, nach einer mitgebrachten Flasche Blue Curaçao griff, um einen Schluck zu nehmen oder um sich nachzuschenken. In diesem Moment fiel er mitsamt Stuhl nach hinten um.

Die Nummer löste allgemeine Heiterkeit aus, umso mehr, als sie weder geplant noch einstudiert worden war. In den Jubel hinein rappelte Klein sich auf, die Flasche Curaçao, die er beim Sturz gerettet hatte, hilflos in der Hand haltend, und während er die verheißungsvolle blaue Flasche ebenso benommen wie verzweifelt mit seinen Fingern umklammerte und immer höher hielt, sah man, dass ihr Hals gebrochen war. Er und auch kein anderer würde je wieder aus ihr trinken oder sich auch nur nachschenken können.

Mir war ohne lange Überlegung sofort klar gewesen, in welcher Rolle ich auftreten wollte: als *kranker* Dichter. Ich würde mich auf einer Bahre auf die Bühne tragen lassen – und so geschah es auch. Ich hatte keinesfalls vor, irgendwelche Äußerungen von mir zu geben, dafür war es zu spät. Derschau und Gail, mit Mikrofonen bewaffnet, kommentierten den Vorgang und machten Bemerkungen über das Befinden des kranken Dichters.

Die Band von Nick Busch* war an diesem Abend besonders gut in Form. Nick und seine Jungs legten in den Pausen zwischen den Nummern richtig los und verbreiteten das optimistische Flair des Rhythm and Blues.

Cohn, unser Chefdramaturg, sah die Sache anscheinend genauso wie ich, nur gestaltete er sie dramatisch aus. Ein junger Dichter, rötlich angeleuchtet, stand auf einem Schemel, das Seil, mit dem er sich erhängen wollte, schon um den Hals gehängt. Eine junge Frau kniete vor ihm und betete ihn an.

Ein interessantes, beeindruckendes Standbild – die Schöne, die sich zu Füßen des in Kürze selbstgemordeten Dichters wand.

Den Dichter, der sich erhängen wollte, spielte ein tatsächlicher Dichter aus unserer Gruppe, Jürgen Schnitzler, ein magerer, sprachlich feinfühliger Mann. Im Hintergrund war Cohn zu sehen, der mit nacktem Oberkörper seine undurchschaubaren Oden vortrug, die dieses Trauerspiel begleiteten.

---

*Nick verschwand später in die USA. Heiratete dort angeblich eine Tochter von Raquel Welch.

28

»Möchte einer von euch etwas Außergewöhnliches sein?«, fragt
der Lehrer. Der schlaueste Junge in der Klasse, der jeden Tag
besoffen zum Unterricht kommt, hebt die Hand und sagt: »Ja,
Sir, ich wäre gern ein Dollar. Sir.« Dieses Stück war von Bob
Dylan. Carl Weissner hatte mehrere Texte von Dylan für unsere Zeitschrift übersetzt. »Herr Nutzlos sagt der Gewerkschaft
Ade und nimmt eine Schallplatte auf.« Hannes Hatje erhob
nicht zu Unrecht Einspruch dagegen, dass überhaupt Texte von
Bob Dylan abgedruckt wurden, weil wir ja nicht angetreten waren, um uns mit berühmten Autoren zu schmücken. Ich hatte
den Text allerdings aus anderen Gründen aufgenommen: weil
ich der Meinung war, dass der Übersetzer Carl Weissner zu uns
gehörte.

Heinz Emigholz wohnte am Zippelhaus der Speicherstadt
gegenüber in einem gut erhaltenen Bürogebäude, das für
neumodische Geschäfte zu altmodisch war und deshalb als
Unterschlupf für Künstler herhielt. Emigholz war ein leicht
zynischer Mensch mit kurzen glatten Haaren und eigentümli-
chem Lächeln. Er hatte in New York studiert und schrieb coo-
le Texte wie zum Beispiel den hier: »Kaum hatte der Bus sich
in Bewegung gesetzt, als er auch schon wieder stoppte. Es tut
weh, wenn man plötzlich eine Hose findet, die einem kleinen
Jungen gehört hat. Kam sie im Herbst nach Deutschland, vergaß sie regelmäßig ihre warme Kleidung in Rom. Während
sie eine Banane aß, dachte sie, das schmeckt ja nach Banane
und darüber bekam sie einen Schrecken. Es war vier Uhr in

der Nacht, und die Sonate machte einen ohrenbetäubenden Krach.«

Wie jeder merken konnte, klang das modern und ungewöhnlich. In dieser Art schrieb Emigholz Satz um Satz, jeder davon eine kleine schillernde Einheit, aber keiner hatte mit dem vorigen oder dem folgenden etwas zu tun. Die Sätze waren jeder für sich vielleicht interessant und besonders, bildeten aber keinen Zusammenhang. Sie ergänzten einander nicht zu Geschichten oder zu Argumentationsblöcken.

Gut, was sollte das? Was wurde gesagt und mitgeteilt? Nichts wurde mitgeteilt oder gesagt außer dem, was eben gesagt und mitgeteilt wurde; Fertigteile gereiht, Verzicht auf selbst Erlebtes, selbst Erdachtes, arithmetische Kombinationen von Vorgefundenem.

Um mir ein wenig klarer zu werden über das, was vorging, nannte ich Emigholz und seinen besten Freund und Mitstreiter Klaus Wyborny »Formalisten«, stieß damit aber auf wenig Gegenliebe oder Verständnis. Die beiden bekämpften die alten narrativen Strukturen, um nicht-narrative an deren Stelle zu setzen. Wir inhaltlichen, wir altmodischen Erzähler rissen den Mund besser nicht so weit auf, denn wir waren selber auch schwach aufgestellt, hatten nichts Neues und übermäßig Wissenswertes zu bieten und zappelten hilflos an den Schnüren unserer begrenzten kleinen Individualitäten.

Da hatten die Formalisten es schon leichter: Sie produzierten eine Reihe von Einwortsätzen, gefolgt von einer Reihe von Zweiwortsätzen, gefolgt von einer Anzahl von Dreiwortsätzen, danach kamen Sätze, die aus vier Worten bestanden, dann Sätze aus fünf Worten, gefolgt von Sätzen, die aus sechs Worten bestanden wie zum Beispiel: »Die Fotokopien glänzten in der Abendsonne«, gefolgt von Sätzen, die aus sieben Worten bestanden: »Hätte ich den Saft nur nicht getrunken. A little town lost in the past. Alle zusammen erzeugten wir eine feierliche Stille. Sie können hier unbesorgt ihre Kartoffeln pflanzen.«

Besser konnte niemand schreiben. Das Ganze, also die Folge der Einwortsätze, Zweiwortsätze, Dreiwortsätze, war außerdem datiert, sodass dem Anschein nach eine Tagebuchform entstand, die aber durch ihre Inhaltslosigkeit und die Abwesenheit eines individuellen Ichs ironisiert und ad absurdum geführt wurde.

Von den Dreiunddreißigwortsätzen am Schluss gab es nur ein einziges Exemplar. Vermutlich hatte Heinz nicht mehr Dreiunddreißigwortsätze auftreiben können. Der Satz lautete folgendermaßen: »Nicht selten kommt es vor, dass der Paddler, der eben noch vergnügt den Kanal herab geglitten ist, sein Boot den langen Weg auf dem Schlamm zurückziehen muss, weil inzwischen Ebbe eingetreten ist.«

Das Ganze besaß keine oder nur eine schwer auffindbare Bedeutung. Es *torpedierte* Bedeutungen. Kunst eben, das Ganze war Kunst. Manche Sätze hörten sich an, als ließe sich mit ihnen ein Roman beginnen, andere, als gehörten sie in eine Werbebroschüre für Freizeitsport.

Mit ihrer persönlichen Bekenntnishaftigkeit und ihrem selbstentblößenden Drang kamen mir meine eigenen Sätze im Vergleich dazu zuweilen etwas pompös vor, wie zum Beispiel – zwanzig Wörter – dieser: »Er (das heißt ich) wollte nur ein paar gute Bücher schreiben, die auch dann noch existierten, wenn die Tageszeitungen längst verblichen waren.«

Naive Absichtserklärungen wie diese waren bei Heinz ganz undenkbar. Er wirkte smart und gab sich ironisch. Er hatte, wie gesagt, in New York studiert und dort viel gelernt. Er war Avantgarde und schien sich seiner Sache sicher zu sein. Außerdem hatte er Zeichenunterricht gehabt und fertigte fremdartige Zeichnungen an, auf denen neben vielen rätselhaften Dingen beispielsweise auch die alten Schiebefenster seiner Wohnung zu erkennen waren. Diese Fenster ließen sich noch oben schieben und wieder nach unten ziehen wie in alten Eisenbahnwagons. Es entstand eine geheimnisvolle Mischung aus Bekanntem, Wiedererkennbarem und fremdartig Beunruhigendem, das je nach dem Betrachter auf Lob oder Abneigung traf.

»Du kriegst was du siehst«, hieß listig eine dieser Bildfolgen, veröffentlicht in *Henry 4*. Emigholz' Schwarzweißzeichnungen waren schön und dies waren sie unter anderem deswegen, weil man sie nicht ganz durchschaute. Was hatte diese Giraffe vor dem Fernseher zu suchen, der passenderweise an der Decke aufgehängt war? Emigholz war immer zu kleinen Frechheiten bereit, die er mit einem netten Lächeln begleitete, sodass ich ihm nie böse sein konnte. Er schrieb und zeichnete nicht nur, sondern drehte auch Avantgardefilme, deren Perspektive beziehungsweise Kameraführung ungewöhnlich waren, meistens sah man nur die Füße der Darsteller. Warum auch nicht, vor allem, wenn man ihrer Gesichter überdrüssig war?

Emigholzfilme genossen in der Gruppe großes Ansehen, und dies, obgleich sie sich weitgehend dem Verständnis entzogen. Heinz produzierte viel. Er musste sehr fleißig sein. Wann fertigte er die unzähligen Zeichnungen an? Arbeitete er die Nächte durch? Woher nahm er die vielen Sätze, die dicht gedruckt Seite um Seite füllten? Vielleicht klappte er Bücher und Broschüren auf und pickte sich welche raus? Wieso wurde ihm nicht langweilig bei seiner Sammlertätigkeit? Vielleicht wurde ihm ja tatsächlich langweilig dabei, aber er überwand die Langeweile, weil Arbeit eben häufig langweilig ist? Oder er hatte eine angeborene Liebe zum Detail, die verhinderte, dass solche Fragen bei ihm überhaupt aufkamen. Das Ganze blieb sein Geheimnis.

Am weitesten ging Wyborny bei der Abschaffung von Inhalten, als er seine Aufsätze »Praxis« und »Theorie« veröffentlichte. Er verwendete als »Schrift« nur die Zeichen der Schreibmaschine, die keine Buchstaben waren, und tippte sie dazu noch mehrfach übereinander. Irgendwie hatte man diesen Kameraden auf der Kunstschule beigebracht, dass es modern sei, mit Zeichen zu spielen.

29

Die Idee des Universalkünstlers war weit verbreitet, viele von uns wollten sich nicht bloß in einer Kunstsparte betätigen. Emigholz war Filmemacher und Zeichner und schrieb wie eine Schreibmaschine auf Speed, so wie man es Kerouac nachgesagt hatte. Emigholz war ein intellektueller Techniker – auf seine Art ebenfalls ein Hochleister der Abweichung, er blieb aber kühl und kontrolliert, von einem Konzept geleitet. »Künstler ist, wer seine Defekte zur Quelle der Kreativität werden lässt...«, schrieb der Kunsttheoretiker Bazon Brock. Der »seine Defekte bewirtschaftende Künstler« – davon hatte Heinz gar nichts. Er nahm keine Drogen, diese Art der Selbstentgrenzung hatte er nicht nötig. Er hatte einen Plan und wusste nüchtern, was er machen wollte.

Hilka schrieb neben ihren bildnerischen Arbeiten und zwar skeptisch und radikal: »Ich habe alle Waffen gestreckt und ertappe mich beim Rückzug. Welche Waffen? Hauptsache, ich falle keinem Ideologen in die Hände.« Das war typisch Hilka und gefiel mir. Klaus Wyborny drehte Experimentalfilme und hatte ebenfalls schriftstellerischen Ehrgeiz. »Eine Flasche Jim Beam im Café Neumann lausiger Platz Regen Kaffee und dann Teufelnochmal zur Iduna hinter den Schreibtisch BILD MORGENpost vorher gestempelt danach dünne machen Regen ab ins Café Neumann Es ist elf Uhr Daniel hat letzte Nacht seinen Koller Oh Mann Ich hatte ihm bald eins in die Fresse gekloppt.«

Cohn schrieb Lyrik und surreale Texte, malte, wenn ihm danach war, filmte, machte Theater, wenn ihm danach war, was ziemlich oft vorkam. Außerdem verfügte er über die besondere Gabe, Songs zu texten und zu komponieren. Ich traf ihn im Hinterzimmer der Kaffeestube, die von uns in Café Maldoror umgetauft worden war. Er probierte bestimmte Tonfolgen auf der Gitarre aus und stimmte Texte, die im Entstehen waren, darauf ab. Cohn visierte die Karriere eines Popstars an, mit der er einerseits über uns hinauswuchs und andererseits noch die meisten Popstars übertrumpfte, weil seine Zeilen auch ohne musikalische Begleitung standhielten. Cohn wandelte auf den Spuren von Jim Morrison. Aus »Summer is Almost Gone« wurde: »Der Sommer ist längst vorbei, spürst du nicht, der Winter kommt, und er nimmt dich fort.«

30

Beinahe wäre es C.C. Cohn gelungen, mein von mir absichtlich vernachlässigtes Musiktalent zu wecken – ich wollte auf keinen Fall Musiker werden – als ich ihn an einem Sommernachmittag auf der Mundharmonika begleitete und wie durch ein Wunder die richtigen Töne traf.

Cohns erste LP wurde beachtet, die zweite war eine deutliche Steigerung. Auf der ersten war er ein Talent, auf der zweiten LP ein Talent auf dem Weg zum Star. Bei seinem Auftritt in der Markthalle hatte er vorzügliche Musiker neben sich auf der Bühne. André Rademacher, schmal, lockig und einfühlsam, ein guter Gitarrist, der bald darauf nach London ging. Holger Hiller wurde in *Sounds* als Ausnahmebegabung gefeiert, der Trends setzte. Götz Humpf kam von der klassischen Gitarre, also ein Mann mit einer soliden Ausbildung. Am Schlagzeug saß Walter Thielsch, ein gutaussehender Junge, der bald darauf zu Palais Schaumburg wechselte wie vorher auch Hiller. Allerdings handelte es sich bei allen doch nur um Begleitmusiker des Solostars Cohn und bei der Gruppe trotz ihres schönen Namens »Sterea Lisa« nicht um eine Band.

Max war ein vierzehnjähriges Mädchen, das immer nur in Jungenkleidern unterwegs war. Als Cohn ein Gedicht Rimbauds anstimmte, betrat Max die Bühne. Ihre kurzen, aschblonden Haare waren aus der Stirn gekämmt und standen vom Kopf ab, als sei der Wind hinein gefahren. Sie wirkte wie eine Erscheinung. Ich hatte für einen Moment den Eindruck, als beträte tatsächlich Rimbaud selbst die Bühne. Bei Cohn verschmolzen Kunst und Leben, er dichtete nicht nur wie

Robert Desnos, sondern konnte auch so betörend und geheimnisvoll reden wie ein Surrealist, besonders wenn es darum ging, junge Damen im Nachtlokal zu beeindrucken. Ihm zu begegnen hob über den üblichen Stumpfsinn des Alltags hinaus. Andererseits war er kein Mann, mit dem sich rechnen ließ, schlecht fürs Geschäft. Er konnte sich morgen schon ganz anders verhalten, als man gestern von ihm erwartete. Er nannte das seine Freiheit. Er war ein Ego, das seinen Impulsen folgte.

Ich hörte, dass Cohn zum zweiten Konzert seiner Deutschlandtournee in Berlin eine Stunde zu spät erschienen war. Die Veranstalter zahlten den Fans bereits das Eintrittsgeld zurück. Warum ließ Cohn den Act in Berlin platzen? Warum trat er nach seinem erfolgreichen Auftritt in der Hamburger Markthalle nicht im Berliner Kant Kino auf? War's wegen eines Girls? Hatte er Streit mit seinen Musikern? Vielleicht scheiterte das Berlinkonzert, weil Cohn sich wie der Boss aufführte, ohne über die nötigen Mittel zu verfügen, um die Reise- und Übernachtungskosten der Musiker zu garantieren? Man munkelte sogar, dass es zu einer Schlägerei gekommen sei, dass er einem seiner Musiker was aufs Maul gegeben hatte. Ich kannte Cohn eigentlich nicht so, er war nie gewalttätig. Was war los? Schien ihm die Karriere eines Rockstars nicht der Mühe wert? Wollte er nicht für den Rest seiner Tage mit einem Hut auf der Glatze herumlaufen und politische Statements von schwer erträglicher Vernünftigkeit von sich geben?

Cohn zufolge habe er vor seinen Auftritt in Berlin in der Paris Bar gesessen und sei dort nicht, wie vereinbart, abgeholt worden. Die Paris Bar lag allerdings nur ein paar Schritte vom Kant Kino entfernt, und irgendwie hätte er den Weg ja auch ohne Begleitung schaffen können, was meinen Sie?

Dann las ich in der Zeitung, dass Cohn bei einer Livesendung des Hessischen Rundfunks für einen Skandal gesorgt habe. »Ein unbotmäßiger Auftritt aus Provokation, Kritik und Medinox gebraut, der mit dem Wurf einer Bierflasche durchs Studio endete«, schrieb der Reporter, der nah am Geschehen gewesen sein musste, weil er über Cohns Medinoxkonsum Bescheid wusste.

Medinox war ein starkes Schlafmittel, das, zusammen mit Kaffee und Alkohol eingenommen, in einen Zustand versetzte, den Cohn so sehr liebte, dass er ihn immer wieder ansteuerte: die Trance. Trance war der äußerste Ausdruck seiner Freiheit. In Trance flossen ihm Dichtungen aus der Feder, in Trance spielte er auf einer kleinen Privatbühne ein Theaterstück – natürlich ohne vorher aufgeschriebenen und auswendig gelernten Text. Solche Sicherheitsmaßnahmen hatte Cohn nicht nötig. Er war zu sehr mit sich und mit seinen Einfällen beschäftigt, als dass er Lust gehabt und Zeit gefunden hätte, Texte, und seien es die eigenen, auswendig zu lernen und pflichtgetreu zu memorieren. Allerdings schluckte er Medinox, wohl auch, um sich in Trance seiner selbst sicher zu fühlen.

Was den Skandal beim Hessischen Rundfunk anging, so war Cohn in Begleitung einer minderjährigen Punkerin mit grün geschminkten Lippen im Studio erschienen. Ebenfalls eingeladen waren drei Soziologinnen, die ihre unbegabten Sinngedichte vortrugen. Die Damen wollten nicht einsehen, dass sie keine Poesie im Leib, sondern nur Theorie aus zweiter Hand zwischen den Fingern hatten. Der an sich geduldige und nachsichtige Cohn fühlte sich von ihrem prätentiösem Irrsinn herausgefordert und nach einigem Hickhack verlangte er: »Titten auf den Tisch!« Ein im Regionalprogramm einer öffentlich-rechtlichen Rundfunkanstalt ungewohntes Postulat. Wollte Cohn nackte Tatsachen? Handelte es sich um einen Appell an die tierische Natur? Das ließ sich nicht klären. Noch vor Ende der Aufnahme pfefferte Cohn seine Bierflasche in die Schallschutzwände des Studios und verschwand.

Für das Musikgeschäft war er nach diesem Vorfall so attraktiv wie ein toter Fisch. Er hatte nicht einen Skandal erzeugt, der seinem Ruhm zugute kam, sondern sich leider nur schlecht benommen. Sexismus und Sachbeschädigung, so lautete der Vorwurf, von Seiten eines weitgehend Unbekannten, dessen Benehmen nicht der Exzentrik eines Genies gutgeschrieben werden konnte. Cohn dachte nicht erfolgsorientiert und strategisch. Strategie war bei ihm eine aus dem Hut gezauberte Momentidee, die nicht aufging und seinem Ruf schadete. Kurz: Er schlug Türen zu, die sich für ihn noch gar nicht geöffnet hatten.

Ein vielzitierter Skandal war anno 68 von Rolf Dieter Brinkmann ausgelöst worden, als er während einer Podiumsdiskussion in der Berliner Akademie seinen Roman »Keiner weiß mehr« in die Höhe hielt und dem Kritiker Reich-Ranicki entgegen schleuderte: »Wenn dieses Buch ein Maschinengewehr wäre, würde ich Sie jetzt über den Haufen schießen!«

Eigentlich ein Konditionalsatz mit irrealer conditio in der Art wie: »Wenn meine Oma Räder hätte, wäre sie ein Autobus.« Diese Feinheit fiel dem versierten Literaturkritiker allerdings nicht auf. Er antwortete nicht, wie es bei etwas mehr Übersicht und Lässigkeit logisch und angebracht gewesen wäre: »Ihr Buch, junger Mann, ist aber kein Maschinengewehr, also bitte, was wollen Sie überhaupt?« Noch vier Jahrzehnte später zeigte Reich-Ranicki sich unversöhnlich und schrieb säuerlich: »Brinkmann war ein ungewöhnlich ordinärer und abstoßender Mensch, er hat in aller Öffentlichkeit und sehr ernst erklärt, dass er das dringende Bedürfnis habe, mich zu erschießen.«

Abstoßend musste Reich-Ranicki auch auf Brinkmann gewirkt haben. Wer hatte wen beleidigt? Wer ist der Angreifer gewesen? Hat Brinkmanns plötzliche Erregtheit ihren Grund in Reich-Ranickis hundertprozentiger poetischer Unbegabtheit bei gleichzeitigem Sich-Aufspielen zur kritischen Leitinstanz? Handelte es sich um eine Attacke auf eine angemaßte Autorität, die mit seiner poetischen Empfindlichkeit kollidierte?

»Die Aggression ist ein Versteck für unsere Empfindsamkeit. Durch unsere Aggression existieren wir«, analysierte Serge Gainsbourg, ein Tabubrecher. Gainsbourg trat in Talkshows nur volltrunken in Erscheinung. Nüchtern war er auch für den eigenen Geschmack zu nachgiebig und zu nett. Er war trotz oder wegen des Heldenstatus, den er erreicht hatte und der ihm zugebilligt, ja abverlangt wurde, zu feinnervig, zu empfindlich und vielleicht auch zu unsicher, um Auftritte in Talkshows unbetäubt zu ertragen.

Alkoholisiert verteidigte er störrisch seine Überzeugungen, wie zum Beispiel, dass das Chanson nur eine niedere Kunstform, »un art mineur« sei, obgleich doch alle in ihm, Gainsbourg, den großen, genialen Künstler sehen wollten, dem man alles verzieh. Nein, nein beharrte er, jeder Holzkopf könne Songs und Chansons verfassen, für die höheren Künste aber benötige man eine jahrelange Ausbildung.

Auf Youtube können wir die hübsche Whitney Houston im französischen Fernsehen sehen, als Serge Gainsbourg ins Studio torkelt. Er küsst ihr die Hand, erklärt, dass sie ein

Genie sei, dass er sie anbete und bewundere und dass er mit ihr schlafen wolle.

Whitney: »Oh, oh, what did you say?«

Moderator: »Das darf ich nicht übersetzen! Er hat gesagt: Sie seien sehr hübsch. Er hat gesagt: Ich möchte Ihnen Blumen schenken!«

Gainsbourg: »Absolut nicht. Das hab ich nicht gesagt. Ich hab gesagt, dass ich sie vögeln will!« (Feixt koboldhaft wie nach einem gelungenen Streich.)

Moderator (zu Whitney): »Sie müssen ihm verzeihen, denn er ist betrunken.«

Gainsbourg (streichelt verliebt Whitneys Kinn, die sich das von ihm gefallen lässt): »Ich bin … nnnich betrunken!«

Moderator: »Gut, er ist nicht betrunken, das ist sein Normalzustand. Serge, entschuldige dich bei Whitney!«

Gainsbourg (ihre Hand ergreifend): »I apologize!«

C. C. Cohn schluckte, schniefte und inhalierte alles, was er kriegen konnte, nutzte allerdings nie die Gifte, die injiziert werden mussten. Ich vermute, dass er aus den Tagen seiner Kindheit Angst vor Spritzen bewahrt hatte. Die Nadeln waren damals noch furchterregend dick gewesen. Er lieferte jetzt kein eingängiges Songmaterial mehr. Wie ein wütender Burroughs zerhackte er sein Material in lauter Schnipsel, die er zusammen montierte: Dichtete Songtexte in vier Sprachen zugleich, in Deutsch, Englisch, Französisch, Spanisch, und sicher wären noch weitere Idiome hinzugekommen, wenn er sie nur beherrscht hätte. Ohne erklärtermaßen ein Anhänger des Cut-Up zu sein, zerschnitt er seine Zeilen bereits im Kopf und fügte sie zu poetischen Gebilden zusammen, die sich einem Massengeschmack konsequent verweigerten, wie man so sagt.

Cohns Ruhm als Künstler wuchs, sein Ansehen als Popstar sank rapide.

31

In Paris stieg ich zufällig im Hotel des Grands Hommes gegenüber vom Panthéon ab. Das wäre nicht weiter erwähnenswert
gewesen, hätten nicht am Anfang von André Bretons »Nadja«
die Zeilen gestanden: »Als Ausgangspunkt nehme ich das
Grands Hommes, Place du Panthéon, wo ich um 1918 lebte ...«

Das Hotel war heruntergekommen. Die geräumigen Zimmer
waren mit Pappwänden unterteilt, die Matratzen durchgelegen.
Die winzigen, verschlagartigen Zimmer verbreiteten eine trau-
rige Atmosphäre. Der Panthéonplatz war ein trauriger Platz.
Groß und traurig. Paris war nicht mehr das, was es einst gewesen war. Eine Stadt im Niedergang. Ebenso wie das Jahrzehnt.

Ich saß auf einem der eisernen Stühle am Rande des
Springbrunnens im Parc du Luxembourg. Die Stühle schienen
dort für alle Ewigkeit zu stehen. Dann lief ich hinunter zum
Odéon, durch die Rue de l'Ancienne Comédie, zwei Straßen
weiter lag das Hotel, in dem Sartre seine »Wege der Freiheit«
geschrieben hatte. Ein Zimmer kostete – Kaufkraftänderungen
unberücksichtigt – pro Tag soviel wie damals im Monat.

Auch Epochen, die Gleichheit auf ihr Banner schreiben,
stellen permanent Hierarchien her. Auf das Jahrzehnt der
Unschuld folgte das Jahrzehnt des Ehrgeizes. Manche bliesen
zum langen Marsch durch die Institutionen, manche klag-
ten vor Gerichten auf Festeinstellung. Auch wenn ich meine
Jugend, das heißt Ungebundenheit verlängerte, weil ich nicht
wusste, wie ich in eine seriöse, kommerziell erfolgreiche Rolle
schlüpfen sollte – hinzukam, dass alle Betätigungen dieser Art

mich abstießen –, so galt wie für alle anderen auch für mich, dass ich mich beweisen musste.

Dass ich über Michaux promovieren wollte, kam überall gut an. Ich gewann damit an Renommee. Eines Nachts in einer Bar – dem Nach Acht am Mittelweg – hatte ich ein paar Seiten von diesem Michaux gelesen. Er war anders, das war sofort klar. Er wollte die Welt nicht so nachbilden, wie sie nun mal war, sondern lieber ganz andere Welten erfinden.

Der Professor, der mich als Doktoranden annahm, galt als Rechter. Der Mann hatte Benehmen. Er verhielt sich diskret, distanziert, korrekt, und er trat mir nie zu nahe. Ich ahnte nicht, dass die Rechten oft genug klüger sind als die Linken und sich weniger von den aktuellen Vorurteilen nähren, die sich so vorteilhaft nachplappern lassen.

Michaux schrieb Sätze wie: »Das Buch ist geschmeidig, es ist nicht festgelegt. Es strahlt aus. Das schmutzigste noch, das finsterste strahlt aus. Es ist rein. Es ist Seele. Es ist göttlich. Mehr noch: es gibt sich preis.« Für Michaux war Literatur eine Religion. Was sollte Literatur denn sonst sein? Etwa ein Mittel, um Geld zu verdienen?

Ihn allerdings aufzusuchen, da ich ja nun einmal in Paris war, zog ich nicht in Erwägung. Ich blieb lieber auf Distanz. Kam mir gesünder vor. Michaux selbst hatte immer wieder geschrieben, dass er es vorziehe, keinem seiner Leser und Bewunderer persönlich zu begegnen.

Bald lief ich nach dem Frühstück nicht mehr sinnlos in der Stadt umher, sondern fuhr gleich in die Bibliothèque Nationale, um mich dort in alte Schriften zu versenken. Der große Lesesaal mit den hohen Bücherwänden, den grünen Leselampen, nur von den schwachen Geräuschen schlurfender Füße und umgeblätterter Seiten erfüllt, gab mir ein angenehmes, wohliges Gefühl, auch wenn ich ein viel zu unruhiger, nervöser Charakter war, und es auch in der schönsten Bibliothek nicht länger als zwei, drei Stunden aushielt.

Schon seit den frühen 1950er Jahren experimentierte Michaux unter ärztlicher Aufsicht mit Drogen wie Meskalin und Psilocybin und schrieb darüber Bücher wie »Die großen Zerreißproben«, »Turbulenz im Unendlichen« oder »Erkenntnisse aus den Abgründen«. Paris war eine Weltstadt mit entsprechender Großzügigkeit und Weltoffenheit. In Berlin, Hamburg oder München hätte er niemals Ärzte gefunden, um solche verbotenen Versuche zu durchzuführen.

In einer alten Tageszeitung, die auf Mikrofilm konserviert war, fand ich ein Interview mit Sartre: »Wenn ich einen Artikel schreiben muss, den ich eigentlich gar nicht schreiben will, so nehme ich Zuflucht zu Drogen.« Was für ein Satz – ich wollte eigentlich auch nicht schreiben, und um es aber doch zu tun, nahm ich Drogen. Eigentlich wollte ich auch keine Bücher schreiben. Ich musste aber, denn ich wusste kein anderes Mittel, um Abstand zu wahren. Literatur war eine von meinem Ich-Ideal diktierte Zwangshandlung. Vielleicht gab es für mich noch einen anderen Grund zum Schreiben, und ich schrieb schließlich, weil ich es konnte? Vielleicht war meine Schreibweise sogar experimentell, wenngleich ich diesen schicken Begriff nie für mich in Anspruch nahm. Ich fühlte mich immer auf der Kippe, nie als Teil einer Bewegung, ausgerüstet mit guten Absichten und angeblich sicheren Einsichten. Ich verfügte nicht über diese angeborene Plapperhaftigkeit und Kritiklosigkeit dem eigenen Geschwätz gegenüber, das manche dazu brachte, ihre Wälzer zusammenzuschmieren.

Verständlich, dass ich unter diesen schwierigen Bedingungen einen Katalysator benötigte, der mir half, mich von meinen Ausdrucksblockaden zu befreien. Bei einem Bouquinisten am Seineufer stieß ich auf eine Veröffentlichung von Jean Cocteau mit dem Titel »Opium«: »Gewisse Organismen sind von Geburt an dazu bestimmt, den Drogen zu verfallen«, hieß es da. »Sie brauchen ein Korrektiv, ohne das sie mit der Umwelt nicht Fühlung nehmen können. Sie werden mitgespült, sie vegetieren im Dämmerzustand dahin. Die Welt bleibt Gespenst, ehe ihr eine Substanz zum Leibe verhilft. Es geschieht, dass die Unglücklichen dahinvegetieren, ohne jemals das mindeste Heilmittel zu finden. Es geschieht auch, dass die Arznei, die sie finden, sie tötet.«

Die Droge ist hinterhältig. Der Angriff kann von unerwarteter Seite kommen. Ein ehemaliger Liebhaber des LSD wie Jim Morrison kann durch billigen Alkohol umgebracht werden, von dem er – vergeblich – die gleichen Ekstasen erwartete. Der Ex-Junkie Jörg Fauser blieb bis an sein Lebensende ein Trinker. Die Sucht hatte lediglich den Rohstoff gewechselt, mit dem sie ihre Attacke ausführte.

32

Im Cosinus stand in der Mitte des Schankraumes ein großer, runder Tisch. Wer sich nirgends zugehörig fühlte, nicht verabredet war und sich auch nicht speziell danach sehnte, einsam und verlassen in der Ecke zu sitzen, platzierte sich an den großen, runden Tisch – und so an diesem Abend auch ich. Eine kleine Person mit energischen Bewegungen bediente. Sie war neu. Ich fragte sie nach ihrem Namen: Teresa.

Nach Mitternacht, wenn das Cosinus nur noch schwach besucht war, spielte Teresa manchmal mit einigen Stammgästen Karten. Ich wollte mich aber lieber mit ihr unterhalten. Sie spielte weiter. Ich hasste Kartenspielen, so wie ich Fernsehen und das Sitzen im Restaurant hasste. He, ich war ein jugendlicher Geist, immer in Bewegung und ohne Sinn für Zeitvertreib. Nachdem ich sie mehrfach und immer nachdrücklicher gebeten hatte, mit dieser dummen Kartenspielerei aufzuhören, ohne Erfolg, griff ich nach einigen Karten und zerriss sie. Großer Aufruhr am Tisch, aber von dem Tag an ging Teresa Martinez mit mir.

An Teresa war alles klein, sie war 19, eine kleine Zahl, sie war von kleinem Wuchs, hatte einen kleinen Mund, kleine Augen und kleine Füße. Ich hatte noch nie mit einem Mädchen zusammengelebt, hatte aber jetzt das Gefühl, dass es langsam Zeit wurde, es einmal zu versuchen. Ich bat Alfred aus- und umzuziehen, da sein Zimmer für andere Zwecke gebraucht würde. Er war zuerst wenig begeistert von dieser Störung seiner gewohnten Lebensumstände, doch bald fand sich der Beweis, dass mein Anstoß richtig gewesen war. Seine neue Wohnung war viel komfortabler und lag in einem ruhigen, bürgerlichen Stadtviertel weit weg von St. Pauli.

Dietmar, mein Untermieter, und Teresa verstanden sich nicht sehr gut. Ein bisschen kam ich mir vor wie ein Vater, dessen Sohn und Tochter sich aus unerfindlichen Gründen ständig stritten. Ich war aber nicht der Vater, Teresa war meine Freundin und Dietmar mein Untermieter.

Teresa hatte ihr Germanistikstudium aufgenommen, litt aber unter der Leblosigkeit dieses Faches, und da sie nicht Lehrerin werden wollte, aber auch keine Künstlerin war oder die nötige Härte und Oberflächlichkeit besaß, um Journalistin zu werden, hing sie ziemlich in der Luft, was aufgrund ihrer Jugend nicht die schlechteste Position war.

Dietmar, der weiterhin unwillig und, weil ihm nichts Besseres einfiel, als Beleuchter im Thalia Theater arbeitete, war gern mit Helden wie Frankie oder Cohn zusammen. Er machte sich zweifellos etwas größer und sorgloser, als er war, während Teresa auf Angeber mit Skepsis reagierte. Auf ihre Art lebte sie genauso unabhängig wie wir anderen. Sie hat später bei einer TV-Zeitschrift gearbeitet, bevor sie sich mit dem Lektorat von Trivialromanen selbständig machte. Sie ging nach Spanien, vielleicht auf der Suche nach ihrem spanischen Vater. Sie bekam päckchenweise diese Arztromane zugeschickt und brachte sie, wenn es nötig war, in vernünftiges Deutsch. Ich sehe immer noch ihre kleine skeptische Geste, wenn sie ihr Haar zurückwarf und ihren Kopf mit der Hand abstützte und etwas las, was nicht unbedingt lesenwert war.

33

Dem Philosophen Henri Bergson zufolge ist unser Gehirn ein »Reduzierventil«. Das funktioniert so: Die Sinne schicken pausenlos eine Flut von Informationen an das Gehirn. Diese werden von ihm zu einem »regelmäßigen Tröpfeln« destilliert. Der moderne Mensch sei so rational, dass dieses Tröpfeln tatsächlich sehr dünn geworden sei, aber dennoch wirksam bleibe, um sich in einer konkurrenzintensiven Umwelt durchzusetzen. Bergson sagt, dass in der Vergangenheit »der primitive Mensch die ganze reiche und sprühende Flut der Sinne erfahren habe«, was ihn zwangsläufig zu einer Begegnung mit den Göttern geführt habe.

Dergleichen lässt sich leicht behaupten, doch machte Henri Michaux unter Meskalin Erfahrungen, welche die Theorien Bergsons bestätigten. Das Meskalin schaltet das »Reduzierventil« in unserem Hirn aus, und als Folge davon sind wir einer kaum zu bewältigen Flut von Eindrücken und Wahrnehmungen ausgesetzt, einer »Turbulenz im Unendlichen«.

Auf unerklärliche Weise verwandelte sich dieses Zuviel – eben noch beklagte sich Michaux, dass er nichts mehr empfinde und nahm eine zusätzliche Dosis Meskalin – urplötzlich in ganz unerhörte Erscheinungen. »Ich habe Tausende von Göttern gesehen. Sie waren da, lebendiger gegenwärtig als irgendetwas, das ich jemals gesehen hatte. Es war unmöglich, ich wusste es, und doch waren sie da, zu Hunderten aufgereiht, immer einer neben dem anderen, aber weitere Tausende folgten, kaum wahrnehmbar, und sehr viel mehr als Tausende, eine

Unendlichkeit. Da waren sie, diese Gestalten, still, vornehm, in der Luft schwebend kraft einer Levitation, die ganz natürlich erschien, mit sehr leichten Bewegungen, wie von innen her beschwingt, ohne sich von der Stelle zu rühren. Sie, diese göttlichen Personen, und ich, wir allein waren anwesend. In einem Gefühl der Dankbarkeit war ich ihnen ergeben. Aber schließlich, wird man mir sagen, was glaubte ich eigentlich? Ich antworte: »Was hatte ich mit Glauben zu schaffen, *wo sie da waren?* Warum hätte ich diskutieren sollen, wo ich ganz erfüllt war?«

Was mich anging, so begegnete ich keinen Göttern. Unsere Zeit mit ihren rationalen Ordnungen, ihrem Wohlstand und ihrer Naturferne war für Götter nicht geeignet. Desto mehr bewunderte ich Henri Michaux, dem es gelungen war, sie aufzustöbern, mit seinen chemisch erzeugten Halluzinationen.

34

Unsere schon immer erfolglose Familie verpasste im 20. Jahrhundert dreimal den Aufstieg ins Bürgertum. Das erste Mal, als mein Großvater väterlicherseits, Wilhelm, zu lange zögerte, um diese famose Villa im wohlhabenden Stadtteil Poppenbüttel zu erwerben und beim Börsenkrach des Jahres 1929 alles Ersparte verlor.

Wäre der Mann nur entschlussfreudiger gewesen, so hätte meine Mutter das Haus geerbt, welches von allen Weltkriegssprengsätzen verschont geblieben wäre. Es lohnte sich ja nicht, einzelne Bürgervillen zu bombardieren, wo sich mit der Zerbombung vier- bis fünfstöckiger Etagenhäuser in dicht besiedelten Kleinbürger- und Proletariervierteln wie Hamm, Rothenburgsort, Barmbek, Mundsburg, Wandsbek, Hoheluft und so weiter eine viel nachhaltigere Wirkung erzielen ließ.

Die schönen bürgerlichen Etagenhäuser in Alsternähe, in Eppendorf, Uhlenhorst und Harvestehude blieben von Bomben verschont. Ich habe mich schon oft gefragt, warum eigentlich? War es ein Zufall? Hatten die Besitzer gute Beziehungen nach London, die sie spielen lassen konnten? Verstand es sich innerhalb der Bourgeoisie sogar von selbst, sich wechselseitig zu verschonen und lieber den miefigen Kleinbürgern und den blöden Prolls die Hintern wegzusprengen, ganz gleich ob sie nun Nazis waren oder nicht?

Hätte Wilhelm Dubbe also nicht so lange gezögert, sondern kurz entschlossen die Villa erstanden, so wäre ich in bürgerlicher Umgebung aufgewachsen und mein Leben hätte einen völlig anderen Verlauf genommen. Oder war die Geschichte mit dem verpassten Immobilienerwerb nur eine Erfindung meiner Mutter? Vielleicht brauchte sie nach all dem Elend zumindest die tröstliche Gewissheit, dass wir mehrfach nah dran gewesen waren, denn auch der zweite Versuch, diesmal von Seiten meines Vaters, unsere seit Jahrhunderten erfolglose Familie ins Bürgertum zu heben, war kläglich gescheitert.

Dabei war sein Ansatz gar nicht einmal so schlecht gewesen, denn er hatte die vielversprechende Laufbahn eines Staatsbeamten eingeschlagen. Man schrieb das Jahr 1933. Die NSDAP schwor zuallererst die Beamtenschaft auf Führer und Reich ein. Unbedingter Gehorsam und unverbrüchliche Treue werde von ihnen erwartet, wurde den Beamten und Beamtenanwärtern von höchster Stelle schriftlich mitgeteilt, als Lohn winkten Ehre und Karriere.

Als Beamter des mittleren Dienstes – ihm fehlte das Abitur – wurde mein Vater abgestellt, Häftlinge im Lager Neuengamme zu bewachen. »Alles kann man von mir verlangen, das nicht«, war nach der Rückkehr vom Probedienst in Neuengamme sein wortkarger Kommentar gewesen. Dieser zartfühlende Vorbehalt kostete ihn das Leben und uns den Aufstieg ins Bürgertum. In Eilmärschen an die Ostfront versetzt, wurde die Kompanie, in der mein Vater zu dienen hatte, im sowjetischen Granathagel vollständig aufgerieben, und meine verwitwete, verarmte Mutter zusammen mit ihrem kleinen Sohn, mir, ins allerdürftigste Kleinbürgertum zurückgestoßen.

Nicht dass mich das besonders gestört hätte: Ich wusch mich ja gern in Schüsseln mit dünner Eisschicht auf dem Wasser, aber später wurde mir klar, dass mein Vater in seinem ehrenhaften Gemüt offensichtlich nicht verstanden hatte, was Aufstieg bedeutete: kühl, ohne ein Anzeichen innerer Regung zuzuschauen, wie andere litten oder starben. Vielleicht sogar Genuss dran zu finden. Zumindest sich zu sagen, dass alles, was geschieht, Gesetzmäßigkeiten folgt, die man selbst nicht erfunden hat. Und dass, so wie es ist, alles seine, wenn auch vielleicht nicht unbedingt beste, aber doch unerlässliche Ordnung hat. Hat man je Generäle erlebt, die angesichts von Blut und zerrissenen Leibern feinsinnig geworden wären? Die Leichen wurden eh beiseite geräumt, bevor sie die Schlachtfelder inspizierten, wenn sie sich dort überhaupt sehen ließen und nicht den Blick auf die Landkarte vorzogen.

Sokrates hat zwar behauptet, dass es besser sei, Unrecht zu erleiden als Unrecht zu tun, aber das ist die lebensgefährliche Ansicht eines zukünftigen Märtyrers – wie sein Schicksal und das meines Vaters zur Genüge beweisen. Hätte Otto Dubbe die Wächteraufgabe in Neuengamme, fernab aller gefährlichen Kampfhandlungen, angenommen, so hätte er den Krieg heil überstanden. Später hätte er in aller Ruhe entbräunen und wie viele andere seine Beamtenkarriere bis in eine leitende Position fortsetzen können.

35

Ich ging selten auf Lesungen und nie zu den großen Namen, die unaufhörlich vom Feuilleton wiedergekäut wurden. Wer Burroughs gelesen hatte, konnte Martin Walser leider nichts mehr abgewinnen. Als absurdes Theater angesagt war, verfasste dieser Walser absurdes Theater, nur hundertmal schlechter als Ionesco. Momentan war Kommunismus »in«, und Martin Walsers Romanheld musste jetzt natürlich unbedingt Kommunist sein.

Einmal hörte ich aber doch Walter Kempowski lesen. Der fleißige, ehrliche Mann gefiel mir schon besser, ohne bei mir, dem Gegenwartssüchtigen, allerdings Begeisterung auszulösen. Zu meiner Verblüffung stellte ich fest, dass Kempowski anscheinend nach seiner Lesung keinen Sex mit Unbekannten hatte.

Ich verstand das nicht, war es meiner Erfahrung nach doch der eigentliche Lohn der literarischen Mühen. Von mir und meiner Prosa fühlten sich Zuhörer einer gewissen Art angesprochen, vor allem solche, die nicht ganz richtig im Kopf waren. Meine schriftlichen Äußerungen waren zwar kontrolliert, sie kamen aber, besonders wenn sie unter halluzinogenen Drogen entstanden waren, aus einer Schicht nahe dem Unbewussten, wo die Überwachung durch das Überich und die Konventionen nur noch schwach ausgebildet ist.

Am Ende meiner Lesungen, wenn nach Stimmen und Meinungen aus dem Publikum gefragt wurde, geschah es nicht selten, dass jemand die Gelegenheit nutzte, um das Gehörte

auf seine Weise fortzudichten und zu einem Monolog anzu-
setzen.

Einmal, als einer dieser leicht Abgedrehten einen Monolog
hielt, der nicht enden wollte, saß auch C. C. Cohn unter den
Zuhörern. Er lauschte eine Weile mit wachsender Ungeduld,
und schließlich rief er: »Wann endlich spritzt du ab?« Der
Mann verstummte augenblicklich.

Die Lesungen im Café Borchardt waren immer gut besucht.
Sie wurden von Uwe Wandrey organisiert, der ein Gespür für
das besaß, was die Leute anzog, und fanden in einem geräumigen Hinterzimmer statt, das durch zwei große Schiebetüren
vom Schankraum abgetrennt werden konnte.

»Was ich jetzt lesen werde, ist vielleicht ein bisschen schwierig und beim ersten Mal nicht ganz verständlich«, erklärte ich,
bevor ich anfing. Ich fand, dass ich meinen Zuhörern diese
Warnung schuldig sei, denn meine Dichtung war das Ergebnis
eines LSD-Rausches, und ich bezweifelte, dass das Publikum,
von einigen Verrückten abgesehen, beweglich genug war, um
allen Mäandern zu folgen. Zwar blieb ich auch im Rausch
vollkommen klar und »ich selbst«, allerdings kam auch meine angeborene Sprunghaftigkeit stärker zur Geltung als im
nüchternen, kontrollierten Zustand, sodass man als Leser oder
Zuhörer leicht den Faden verlieren konnte.

»Könnten Sie das bitte noch einmal lesen?«, fragte eine
Zuhörerin, als ich fertig war. Ich las den Text also ein zweites
Mal. Hinterher im Gedränge am Tresen trat eine junge Frau
an mich heran. Sie hatte vor Jugend und Vitalität sprühende
braune Augen und eine hübsche Figur.

»Das war aber hinterlistig von dir«, meinte sie.

»So? Was denn?«

»Zu behaupten, dass der Text *schwierig* sei.«

»Ist er aber wirklich.«

»Okay, aber wenn du das auch noch betonst, so machst du dich damit interessant.«

»Oh, das war nicht meine Absicht.«

Natürlich war es angenehm, von einer jungen Frau, die hundert Prozent meinem Geschmack entsprach, hinterlistiger Absichten bezichtigt zu werden. Ganz klar auch, dass dies eine Projektion war und dass die Absichten von ihrer Seite kamen.

Karen – so hieß sie – war zusammen mit Christoph Derschau gekommen, und Derschau fuhr uns auch nach Hause. Im Auto plauderte ich aufgedreht, angestachelt vom Interesse und der Aufmerksamkeit der beiden, und ganz gleich, was ich redete und von mir gab, die schöne Fremde quittierte es mit einem Lachen. Die gurrenden Vibrationen ihrer Stimmbänder tief in ihrer Kehle verrieten, dass wir es miteinander zu tun bekommen würden.

Teresa zapfte Bier im Ganz und knallte Cola, Fanta, Korn und was immer verlangt wurde auf die Tabletts der Kellner. Sie wirkte sehr tapfer und entschlossen, auch nachdem ich ihr erzählt hatte, was passiert war. »Ich komme, wenn wir zumachen ins Nach Acht«, sagte sie und bediente weiter ihren Zapfhahn. »Da können wir in Ruhe reden.« Leider gab es nicht viel zu reden. Es war vorbei. Für Teresa musste es hart sein, aber sie war ein tapferes Mädchen. Ihre Welt war einfach zu eng und verzagt für mich geworden.

In der nächsten Nacht erlebte ich in Karens Zimmers ein kleines Wunder der Verwandlung. Wir hatten das Licht gelöscht, und nur die Straßenlaternen spendeten ein wenig von ihrem Schein. Es war hell genug, um die Konturen ihres

Gesichts deutlich zu erkennen. Im selben Rhythmus, wie unsere Lust sich steigerte, wurde sie immer jünger. Nach einer Weile war sie ein ganz junges Mädchen von vielleicht sechzehn, das sich zum ersten Mal hingab.

36

Ich hing zu Hause rum, schlief lange, während Karen tagsüber arbeitete, und wenn sie abends nach Haus kam, hatte ich schlechte Laune. Das sollte jemand begreifen. Es war aber leicht zu begreifen. Ich hatte schlechte Laune, weil ich tagsüber nichts zuwege gebracht hatte, künstlerisch. Ich hatte nichts Gutes geschrieben. Deshalb war ich muffig und zog ein Gesicht, statt sie freudig zu begrüßen, wenn sie mit Einkaufstüten beladen in die Wohnung kam. Schließlich verlegte ich mich darauf, nachts zu schreiben.

Wenn Karen entschlummert war, jedenfalls keinen Muckser mehr von sich gab, erhob ich mich leise von der Matratze und schlich in meine Schreibstube. Hinter der Tür stand der große, alte hölzerne Bauernschrank, den sie vom Land mitgebracht hatte. Dahinter die Einmannliege für den spartanischen Schriftstellermönch. Ich öffnete den Schrank und ließ den Stoff ihrer Sommerkleider durch die Finger gleiten. Sie hatte sehr schöne Sommerkleider. Ich fühlte mich glücklich und stark, und das tat der Sinnlichkeit meiner Prosa gut. Es war Winter, und es hatte geschneit. Durch die Toreinfahrt sah ich die Lichter der draußen vorbeizischenden Autos. Ich war also nicht ganz von menschlicher Betriebsamkeit abgetrennt.

Auf einem kleinen Tisch am Fenster lag mein in Arbeit befindliches Œuvre. Œuvre war schön gesagt, aber ich tat mich schwer. Ich hatte meine eigene Stimme noch nicht gefunden, und das, obgleich ich bereits 34 war. Meine Verspätung hatte gute Gründe, ich fand sie aber trotzdem ärgerlich. Weil ich noch nicht wusste, wie ich schreiben sollte, brauchte ich ein Vorbild, an dem ich mich ausrichten konnte.

Meine Leitfigur in diesen Tagen hieß Rolf Dieter Brinkmann. Ich wollte so deutlich, so entschieden und kompromisslos sein wie er. Neben ihm wirkten die anderen »Dichter«, die vom Feuilleton gelobt wurden, wie verstiegene Muttersöhnchen. Picasso und Dalí hatten in ihren Anfängen ebenfalls alte Meister kopiert. Das gehörte zu einer vernünftigen Künstlerausbildung dazu.

Es gab immer ein Licht, das nachts auf der anderen Straßenseite leuchtete. Ein Hotspot *across the road*. Diese Nähe war der Hauptgrund, aus dem wir diese kleine Liebeshöhle im Hinterhof der Hauptstraße ausgesucht und gemietet hatten. Sie lag günstig.

Nicht weit von der Bierstube Ganz. Nur kurz über die Straße. *Junge Wilde* ließen sich dort blicken wie zum Beispiel Albert Oehlen. Er sah aus wie ein Kellner, und ich fragte ihn: »Arbeiten Sie hier?« Er nahm es gelassen. Er gehörte zu der neuen Generation, die andere Anpassungsstrategien entwickelte.

Bierstube Ganz, Kaffeestube, Marktstube. Eigenartigerweise trugen alle unsere Treffpunkte das Wort »Stube« in ihrem Titel. Eine Stube war der Inbegriff der von uns verabscheuten Gemütlichkeit. Trotzdem schienen diese Stuben eine geheime Anziehungskraft auf uns auszuüben. Das Mobiliar, die Inneneinrichtung der Bierstube Ganz, stammte aus den frühen Fünfzigerjahren. Die Bierstube war Teil einer Ladenzeile aus Flachbauten, die eilig auf Trümmergrundstücken errichtet worden war.

Diese Flachbauten hatten den morbiden Reiz des Provisorischen, den Charme des Vergänglichen. Später wurde alles abgerissen und an der Stelle teure moderne Bauten errichtet, für viel Geld zu mieten oder zu kaufen, mit den entsprechenden, todsicheren Konsequenzen für die Umgebung: Sterilität.

Die Bierstube Ganz war in einem Punkt absolut verlässlich. Es war immer etwas los. Jede Menge Bekannte und weniger Bekannte, immer eine anregende Stimmung, die durch Drinks und Musik angeheizt wurde und sich steigerte. Das lag einerseits an Lou, Michael und Branco, die zwar selten alle gleichzeitig anwesend waren, aber jeder für sich einen guten Job machten.

Lou konnte zum Beispiel spontan entscheiden, dass nicht um zwei Uhr Schluss war, sondern überhaupt nicht, open end. Es ging weiter, so weit es gehen konnte. Na, jedenfalls musste ich mich in dieser Umgebung mit meinen Zeichen auf dem Papier, dieser seltsamen mönchischen Tätigkeit, nicht so allein gelassen fühlen. Sonntags wurde sogar Fußball gespielt auf den Alsterwiesen und hinterher kräftig Bier getrunken. Fußball gefiel mir ein bisschen, Bier gar nicht.

37

Ein Schriftsteller muss in jeder Zeile interessant sein. Das schaffte Rolf Dieter Brinkmann, leider starb er zu früh und lebte zu einer Zeit, als ich mich noch weigerte, Schriftsteller oder anderen Stars woanders als in ihren Werken zu begegnen.

Brinkmann hätte ich als einzigen deutschen Dichter gern kennengelernt, denn er war der einzige deutsche Dichter. Er sei ein kaum mittelgroßer, pummeliger Typ gewesen, der zu Wutausbrüchen und aggressiven Anfällen geneigt habe, schrieb Dieter Wellershoff, sein Lektor beim Verlag Kiepenheuer und Witsch.

Angst vor Brinkmann hätte ich nicht gehabt. Schriftsteller, richtige Schriftsteller interessieren sich im Gespräch mit Fremden vor allem für ein Thema, für ihre Bücher, und dies Interesse hätten wir geteilt. Vielleicht hätte ich ihn von der Reise nach Cambridge abgehalten, und wenn mir das nicht gelungen wäre, weil er aus Geldgründen unbedingt hin musste, so hätte ich ihn eindringlich vor den Gefahren des verdammten englischen Linksverkehrs gewarnt.

Was aggressive Wut angeht – so kannte ich etliche zornige junge Männer seiner Sorte. Einer hieß Rüdiger Majora, er stammte aus Neumünster, war ebenfalls mittelgroß und untersetzt, als sei er bäurischer Herkunft und nahm jede beiläufige Bemerkung wütend als unzureichend auseinander, sodass ich in seiner Gegenwart immer wieder das Gefühl bekam, banal zu sein. Allerdings behielt ich die Nerven und ließ mich von seinem Benehmen nicht bluffen.

Im Grunde litt dieser Majora darunter, dass er hohe, über-höhte Ansprüche an sich selbst stellte, die er nicht erfüllte und auch bei anderen nicht erfüllt sah, was seine Attacken auslöste.

Auch Brinkmann war sehr fordernd sich und anderen ge-genüber. Er störte Lesungen durch Gelächter und höhnische Bemerkungen aus der letzten Reihe. Was er zu hören be-kam, machte ihn wütend. Er selbst schrieb viel besser als die Vortragenden, was ihn allerdings nicht aus seiner Geldmisere und den beengten Verhältnissen befreite, in denen er leben musste.

Als ich wie Rolf Dieter Brinkmann schrieb und die gleiche Anschaulichkeit, fast die gleiche suggestive Zwanghaftigkeit erreicht zu haben glaubte, wurde ich automatisch zum Störenfried. Vorgeführte Minderwertigkeit versetzte mich in Wut. Eigentlich war das normal. Doch anstelle von Beifall erntete ich mit meinen Zwischenrufen nur unverhohlene Feindseligkeit.

Ich erinnere mich, dass Helmut Heißenbüttel bei einer Veranstaltung, die ich durch Zwischenrufe gestört hatte, die rücksichtslos auf die Schwächen des vorlesenden Schriftstellers zielten, missfällig reagierte.

Ich begegnete ihm erst einige Jahre später wieder, und er sah mich an, als ob er mich nicht kennen würde, ich weiß nicht, ob es an meinem verfehlten Verhalten lag, das er mir nicht verzie-hen hatte oder an seiner Beeinträchtigung, denn er hatte in-zwischen einen Schlaganfall erlitten.

Wäre Brinkmann nicht so früh gestorben, hätte die deut-sche Literatur eine andere Richtung genommen. Brinkmann wäre der Pfahl in ihrem Fleisch geblieben. Leider werden Begabungen wie er nur alle fünfzig Jahre einmal geboren.

Brinkmann war der legitime Nachfolger von Gottfried Benn. Seinerseits hat er bisher keinen Nachfolger gefunden.

38

Die dritte Chance, meine schon immer erfolglose Familie ins Bürgertum zu hieven, verpasste ich selbst, als ich die Gelegenheit verstreichen ließ, den Literaturpapst Marcel Reich-Ranicki kennenzulernen. Eine Privataudienz bei ihm zu erhalten, war so gut wie ausgeschlossen, mir aber wurde sie angeboten, ohne dass ich überhaupt darum ersucht hatte. Und das ergab sich so: Ich hatte Hans Scherer angerufen, der das Reiseressort bei der *FAZ* leitete. »Ja, kommen sie doch bitte in die Redaktion«, hatte Scherer gemeint.

Im Eingangsbereich des Weltblattes überwachte eine erhöht wie auf einem Thron sitzende Empfangsdame kniehohe Schranken aus Glas und Aluminium. Wer einfach drüber hinweg stieg, was sehr leicht möglich gewesen wäre, hätte sich auf der Stelle als unerzogener Mensch, als Rebell oder Terrorist zu erkennen gegeben, jedenfalls als einer, der nicht mitspielen wollte. Wer jedoch stehen blieb und abwartete, huldigte gewollt oder ungewollt dem Hausrecht und den mächtigen Klassenschranken, die sich hier so filigran, so kaum existent gaben.

Ich bewunderte Hans Scherer, weil er einen subjektiven Stil schrieb – er hatte ursprünglich Dichter werden wollen – und rückhaltlos persönliche Erfahrungen preisgab, die er auf seinen Weltreisen gemacht hatte. In einem seiner Artikel schilderte er ausführlich, wie er beim Suppeschlürfen am Amazonas sein Gebiss verlor und, im weißen Tropenanzug am Rande des Gewässers kniend, mit einem Draht nach seinem Kauwerkzeug angelte. »Mein Unglück erregte nur Heiterkeit.

Um so wütender wurde ich. Ich litt, die anderen lachten mich aus. Ich konnte nicht essen. Noch schlimmer war, dass ich nicht sprechen konnte.«

Hans Scherer und ich, wir hatten, zumindest von meiner Seite, eine spannende Unterhaltung über Sinn und Zweck des Reisens und über guten Reisejournalismus.

»Und was zahlen Sie?« fragte ich.

»Fünfhundert«.

Scherer merkte, dass dieses wenig lukrative Angebot mir Kopfschmerzen machte.

»Wollen Sie Marcel Reich-Ranicki kennenlernen?«, fragte er mich plötzlich. »Er sitzt da oben, zwei Stockwerke höher. Ich frage mal nach, ob er gerade Zeit hat.«

Er griff zum Hörer. Vielleicht wollte er mich trösten, mir Auftrieb geben, Schwung verleihen oder auf lockere Art, so locker wie der Stil seiner Reisereportagen, einen wichtigen Kontakt herstellen.

Ich aber winkte ab. »Lassen Sie mal. Ich will Reich-Ranicki lieber nicht kennenlernen.«

39

Es sollte dauern, bis ich endlich einsah, dass ich mich überforderte, wenn ich weiterhin versuchte, in der Art und auf dem Niveau von Brinkmann zu schreiben. Für eine Story von fünf Seiten wie »Befriedigung mit lebenden Körpern« brauchte ich zwei Monate!

Trotzdem war Brinkmann durch den Maßstab, den er setzte, eine Stütze für mich. Auch er war ein Epigone, ahmte zuerst den Nouveau Roman nach, später US-amerikanische Dichter wie Frank O'Hara und Ted Berrigan. Er lud Epigonalität so sehr mit Eigenem auf, dass sie darin verschwand. Er verwandelte Epigonalität in Originalität.

Wie Wellershoff versicherte, wurde Brinkmann »von dem Ehrgeiz getrieben, die Standards avancierter zeitgenössischer Beschreibungskunst zu erreichen und zu übertreffen«. Während ich mich für solche von Kritikern deklamierten Standards nicht interessierte, sondern nur zu Brinkmann aufschließen und mit ihm gleichziehen wollte. Weil er der beste Schriftsteller meiner Generation war. Danach kamen Fauser und Handke.

Es lag nahe, Brinkmann zum Vorbild zu nehmen, weil auch ich mit zwanzig Romane von Butor und Robbe-Grillet gelesen und bewundert hatte. Sie waren anders als das, was ich bisher kannte. Die Beschreibungen drehten sich um nichts – was mich befremdete, aber auch anzog. Sie folgten einem Blick, welcher, wie der französische Lobredner Roland Barthes gern erklärte, pausenlos Umgebungen abfotografierte. Dies pausenlos passte nicht zu mir. Ich war nicht manisch. Ich wollte mich auch nicht hinter einem »Blick« verstecken. Das war mehr etwas für literarische Ingenieure, nicht für echte Schriftsteller.

In »Keiner weiß mehr« folgte Brinkmann nicht mehr nur einem Blick, sondern stellte sich mit einem »Ich« selbst ins Zentrum seiner Beschreibungen und wurde damit lesbarer. Seine Technik veränderte sich nicht, wurde aber persönlicher. Immer noch das manische Umkreisen alltäglicher Vorfälle. Ich bewunderte das Buch. Es stellte für mich das Nonplusultra von Literatur dar. Ich wollte auch so schreiben, verkannte allerdings, dass das unmöglich war.

Eine Erzählung, ein Essay à la Brinkmann, das ging noch, die auf diesem Niveau verfassten überanstrengten Texte wurden von bürgerlichen Kulturzeitschriften mit Kusshand genommen. Aber als ich schließlich versuchte, einen Roman in der Art wie »Keiner weiß mehr« zu schreiben, scheiterte ich kläglich.

»Keiner weiß mehr« ließ sich nicht kopieren, tatsächlich *wusste keiner mehr*. Eine Umgebung und eine Zeit ließen sich nicht ein zweites Mal so intensiv, manisch und so genau in den einzelnen Wahrnehmungsfeldern und Stimmungsumschwüngen in Schrift bannen, ganz abgesehen davon, dass wir Mitte der 70er nicht mehr so eine Aufbruchsstimmung empfanden wie damals Ende der 60er – und dass ich nicht Brinkmann war.

Nicht mal Brinkmann selbst konnte einen zweiten Roman schreiben und hielt sich endlos mit vorbereitenden Arbeiten auf, zögerte den Sprung hinaus und verzweifelte an seiner eigenen Messlatte. Es war also nötig, die Sache etwas entspannter anzugehen. In seiner Lyrik schaffte er es ja auch. Sie zeigt, dass er auf dem richtigen Weg war. Allerdings auf einem tödlichen.

Es muss alles so ein, wie es ist. Der Schnee fällt, und dann schmilzt er.

40

Der Mensch lebt von Illusionen, nicht von Analysen. Eines Nachts erzählte ich einer Unbekannten im Madhouse von meiner gescheiterten großen Liebe, meiner Fixierung auf diese bestimmte Frau, der ich gleichgültig war und wie sehr ich darunter litt.

»Wenn du leidest, so nur, weil du dich entschieden hast zu leiden«, meinte die Unbekannte, die so freundlich gewesen war, sich mit mir auf ein Gespräch einzulassen.

Das Madhouse war keine gute Bühne für erotische Anknüpfungen. Diese Diskothek war mehr etwas für einsame Helden, die, ohne es zu ahnen, nach der falschen Liebe Ausschau hielten.

»Du musst wollen, dass es aufhört«, erklärte sie mir. »Ohne den festen Willen, davon loszukommen, passiert gar nichts.«

Die Fremde sprach eine einfache Wahrheit gelassen aus. Wie konnte es nur sein, dass diese Zusammenhänge mir so lange verborgen geblieben waren? Mir wurde schlagartig klar, dass ich mir, was Maya und mich betraf, nur Illusionen gemacht hatte. Ich hatte mir weder ihre noch meine Situation klar vor Augen geführt. Sie entstammte dem Bürgertum, damit fing es an und damit hörte es auf. Damit ging ein quasi natürlicher Anspruch auf Oberhoheit einher. Wie dumm sie sich auch verhalten mochte, dieser Anspruch blieb wie ein göttliches Vorrecht erhalten. Das Gebaren, das sich daraus ergab, war genau das, was mich beeindruckte und anzog.

Gleichzeitig war sie innerhalb ihrer eigenen Klasse eine Versagerin. Die Eltern, mit ihrem großartigen Berufsleben als Nervenärzte beschäftigt – nebenher zeugten sie fünf mehr oder minder ausgeflippte Kinder –, hatten keine Zeit gehabt, sich um sie zu kümmern. Maya hatte das Abitur nicht geschafft und war mit einer rudimentären Ausbildung irgendwo hängen geblieben. Den irreparablen Schaden versuchte sie jetzt mithilfe bestimmter Bildungsmaßnahmen wettzumachen. Das hinderte sie aber nicht daran, eine Prinzessin zu bleiben, ein höheres Wesen, Tochter aus besseren Kreisen nur eben mit dem Makel einer abgebrochenen Schulbildung. Sie war zwar hübsch, passte aber nicht zu mir. Durch unsere Begegnung unter LSD – ich hatte es geschluckt, nicht sie – war ich süchtig nach ihr geworden. Unsere erste Begegnung war so anormal gewesen, dass eine Wiederholung ausgeschlossen sein musste. Das wollte mir aber nicht in den Kopf. Mein Traum, durch unsere Liebe ein großer Schriftsteller zu werden – der reinste Bockmist! Die Sachen, die sich zwischen uns abspielten: nur Theater. Ich fiel auf ihre Rolle, ihre Attitüde rein. Bei Licht besehen hatte sie mich nur benutzt. Ein anderer als ich hätte das sofort durchschaut. Und ihr Verhalten war nicht böse gemeint oder verwerflich. Sie verhielt sich, wie sie sich verhalten musste. Meine jahrelange Anhänglichkeit war von vornherein zum Scheitern verurteilt. Ich war stark genug, mir einen solchen Luxus zu erlauben.

Wie andere Augen, Haare oder Stimmen bewunderten oder auch die Intelligenz oder die Güte einer Person und ihren Charakter, so liebte ich Mayas Hände. Ich hatte eine bizarre Vorliebe für sehr schmale Hände. Maya hatte genau solche schmalen, um Hilfe flehenden Hände. Wenn ich sah, wie sie das Bierglas oder eine Zigarette zwischen den Fingern hielt, erschauerte ich. Wer solche Hände besaß, hatte nicht nur selbst nie gearbeitet, das war noch nicht alles, auch eine lange Reihe von Vorfahren nicht.

41

Als Junge von zwölf oder dreizehn tapezierte ich die Wände in meinem Zimmer mit ausländischen Zeitungen: *Corriere della Sera, Le Figaro, New York Herald Tribune, La Stampa, Dagens Nyheter.* Mit dieser Tapete fühlte ich mich wohl. Jahre später gab ich als Berufswunsch »Journalist« an. In der Schule war ich im Fach Deutsch nicht besonders gut. Nichts, das auf mein Talent hindeutete. Das einzige, was an mir auffiel: Ich wollte immer was anderes. Ich schrieb nie, was der Lehrplan von mir erwartete. Ich hatte eine instinktive Abneigung gegen das Übliche.

Nur ein einziges Mal bekam ich eine Eins – in einem Stimmungsaufsatz mit dem Thema »Landschaft im Nebel«. Genau das war mein Leben, ich lebte in einer kalten, nebligen Landschaft. Mein Hals war ständig entzündet. Ich wusch mich in einem Verschlag mit grauem, immer feuchtem Zementboden. Das Wasser in der Waschschüssel fror im Winter zu Eis. Wir hatten kein fließendes Wasser im Haus, dafür kostete es auch nur 150 Mark Jahresmiete. Der Vormieter hatte sich die Pulsadern aufgeschnitten. Er hatte sich an der Stelle umgebracht, wo mein Kinderbett stand.

Die Mehrzahl der Vätergeneration hatte aufs falsche Pferd gesetzt, sich der vorherrschenden Staatspropaganda unterworfen und sich ihr angepasst und war damit in den Untergang geschlittert. Anpassung war folglich die Negativkategorie Nr. 1.

Mein Vater war der Meinung gewesen: »Was meine Kameraden ertragen können, das kann auch ich ertragen« – und er hatte sein Heldentum mit dem Leben bezahlt.

»Es handelte sich einfach darum, sich vor nichts zu drücken«, schrieb Albert Camus zu diesen Haltungen und Einstellungen. »Dieser Gedanke hat ganze Zivilisationen aufrechterhalten und erhält sie noch aufrecht. Man lehnt den Krieg nicht ab. Man muss durch ihn sterben oder durch ihn leben.«

Ich dagegen hatte vor, mich zu den Drückebergern zu gesellen. Solange es noch irgendwo auf der Welt friedliche Plätze gab, fand ich es dumm, an Kriegen teilzunehmen. Man hat schließlich nur ein Leben und nichts, das darüber hinausweist. Mir gefiel Henry Millers Einstellung am besten, der sich Ende der 1930er nach einem letzten Besuch in Griechenland aus Europa verabschiedet hatte, um sein Außenseiterdasein in Big Sur in Kalifornien weiterzuführen.

Funktionäre wie Schulärzte oder gar Schulräte erregten meine besondere Abneigung. Ich weigerte mich, mich bei der schulärztlichen Reihenuntersuchung bis auf die Unterhose auszuziehen. Manche Schulärzte zogen mit einem Ruck die Unterhose beiseite, um mit fachmännischem Griff das Glied zu untersuchen. Mein klitzekleines Glied, meinte ich, ging keinen Staatsarzt was an. Nicht mal, ob ich beschnitten war oder nicht. Spielte ja auch heute keine Rolle mehr.

Meine Beschwerde, diese Untersuchungen mit dem Schlangestehen vor dem Mediziner seien mir zu militärisch, musste zwangsläufig akzeptiert werden. »Der Junge hat ein Trauma«, dürften die Verantwortlichen einander achselzuckend mitgeteilt haben.

42

In diesen Tagen bot sich die Möglichkeit, ein Haus auf dem Land zu beziehen. Ich existierte in der Stadt nur als halber Mensch und konnte mich einzig in den »künstlichen Paradiesen« glücklich fühlen. Vor allem meine praktische, handwerkliche Seite kam in der Stadt entschieden zu kurz.

Das Haus gehörte einem Verwandten Karens. Es lag gut hundert Meter von einer Nebenstraße entfernt inmitten einer Obstplantage. Die Wohnung nahm die erste Etage über den unbenutzten Stallungen ein und stand schon lange leer. Vielleicht hatte niemand Lust, die – wenn auch gut ausgebaute –, Etage über einem ehemaligen Stall zu bewohnen? Mich aber störte das nicht. Es würde ein gemütliches Zuhause werden. Karen hatte es nicht weit zu ihren Eltern, und wenn sie abends von der Arbeit nach Hause kam, würde ich sie entspannt und gutgelaunt empfangen. Wir würden einen Abendspaziergang durch die Felder machen. Die Miete war erschwinglich, und es gab seitlich vom Haus noch den ehemaligen Traktorenschuppen, der sich als Garage nutzen ließ. Ich überlegte, bei Janos Lisztner zu hospitieren und die Grundzüge der Autoreparatur zu erlernen, um zumindest unseren alten BMW, den Karens Vater uns überlassen hatte, in eigener Regie zum Laufen zu kriegen.

Lisztner war ein Ungar, der 1956 aus seiner Heimat geflohen war. Er hatte sich auf französische Autos spezialisiert und kümmerte sich jahrelang um all die 2CV, R4, 404 und Talbot, die wir fuhren.

Karens Familie gehörte einer Art »Bauernaristokratie« an. Natürlich waren sie immer noch Bauern, Obstbauern, aber die Geschäfte waren in der Regel, wenn es nicht gerade eine Krise gab wie im Moment, sehr einträglich. Große Häuser im Fachwerkstil, pompöse Eichenholzmöbel, ein netter kleiner Mittelklassewagen, Ford, Volkswagen oder BMW, vor der Tür – das waren die äußeren Zeichen von Wohlhabenheit. Schon die Vorfahren waren auf Elbkähnen bis in die Stadt auf die Märkte geschippert und, die Taschen voller Geld, in ihre Landeinöde zurückgekehrt.

Karens Vater war ein bescheidener, fleißiger Mann. Ich mochte ihn sehr. Er schien sich gar keine Gedanken darüber zu machen, was für einen Exoten seine Tochter da an Land gezogen hatte. Weniger gut war mein Verhältnis zu ihrer Mutter. Sie war eine etwas mürrische, im Grunde ihres Herzens unzufriedene Frau. »Unser Leben ist Arbeit, nichts als Arbeit«, stieß sie oft hasserfüllt hervor. »Aber du hast doch auch vieles erreicht, die schönen Möbel, dieses große Haus, den Kamin mit den Kirschbaumkloben als Brennholz«, versuchte ich sie zu trösten. Doch vergeblich. Karens Mutter hasste – wie viele andere Landbewohner – die Stadt. Wenn sie dort doch einmal Besorgungen zu machen hatte, ließ sie ihren Wagen am Stadtrand stehen und fuhr mit dem Bus weiter. Sie hatte Angst vor dem Stadtverkehr. Sie glaubte, dass die Leute in der Stadt ein leichteres Leben hätten. Nicht soviel Arbeit. Manche – wie zum Beispiel ich – arbeiteten überhaupt nicht, trugen lange Haare und lässige Kleidung und reisten bei jeder passenden Gelegenheit in der Welt herum, als sei das Leben ein dauernder Sonntagsspaziergang.

In gewisser Weise war sie neidisch, aber zugleich verachtete sie uns. Eine gefährliche Mischung, die zum Mord führen konnte, wie in »Easy Rider« zu sehen war. Allerdings war Karens Mutter ihrer Sache nicht so sicher. Sie hatte unklare, einander widersprechende Gefühle. Mir gegenüber war sie meistens freundlich, nur machte das nicht gelebte Leben ihr schwer zu schaffen, ohne dass sie dies allerdings offen und direkt ansprach. Nur auf Umwegen kam ihr Widerwille zum Ausdruck. Und ich denke, hier lag auch der Grund, weshalb uns das Haus der Verwandten nicht vermietet wurde. Es war unser Erscheinungsbild, lange Haare, indische Kleidung, dampfende Joints, Miniröcke. Vielleicht wollten wir zwischen den Obstbäumen eine Marihuanaplantage anlegen? Der Knecht, ein dürrer, lauter Junggeselle, der im Wohnwagen hinter dem Stall mit den Erntemaschinen wohnte, behauptete hinter vorgehaltener Hand, Karen ginge in der Stadt auf den Strich. Klar, sie wirkte sexy, und ihre Mutter, in dieser Hinsicht nicht faul, steckte ihr häufig ein paar Hunderter zu. Wir zogen dann los, um ihr, am liebsten auf dem Kiez, ein paar bunte Fähnchen, also leichte, sexy Sommerkleider zu kaufen.

43

Karens Vater war schon länger abends auffallend schnell müde geworden, hatte sich mit seiner Zeitung in die kleine, gemütliche Stube neben der Küche zurückgezogen. Dort fand man ihn immer häufiger mit der Zeitung auf den Knien, eingeschlafen. Erich, so hieß Karens Vater, hatte einen für mich sehr angenehmen Charakter. Er beteiligte sich nie an den Familienstreitigkeiten, die während des Mittagessens stattfanden. Es ging dabei, soweit ich folgen konnte, um Geld, um Erträge, was weiß ich, aber was ich wusste: Mutter, Sohn, Tochter und Knecht brüllten sich, von Korn und Bier beschwingt, gegenseitig an. Erich blieb still. Er war der Hofherr, der Chef, aber er sagte nichts.

Kurz vor meiner Abreise nach Madagaskar wurde in seinem Gehirn ein Tumor festgestellt. Die Diagnose war beängstigend, und bei genauerer Untersuchung verwandelte sie sich in ein Todesurteil: der Tumor wurde von den Ärzten als inoperabel bezeichnet. Allerdings zeigte sich ein Chirurg am Krankenhaus Altona bereit, das Unmögliche trotzdem zu versuchen.

Das Abschiedsessen – meines für die Reise und seines vor dem Gang ins Krankenhaus – fand im besten Lokal des Alten Landes statt, einem mit Stroh gedeckten Fachwerkhaus. Karen, ihre Mutter, ihr Vater, der Bruder, die Verlobte des Bruders, gutes Essen, betont zuvorkommende Bedienung, denn wir waren gute Gäste, die gutes Geld zahlten. Das Seltsame war, und ich kann es bis heute schwer verstehen, das Schweigen, das So-tun-als-ob. Nicht ein einziges Mal wurde Erichs Krankheit erwähnt. Sein baldiger Tod wurde nicht angesprochen. Ich fand das seltsam. Warum schweigen die, die an der Schwelle des Jenseits oder ihres Nichts stehen? Ist ihnen nach Verdrängung zumute? Denken sie bei diesem guten Essen, den süffigen Weinen tatsächlich nicht mehr daran, dass sie bald, sehr bald nicht mehr auf Erden weilen werden? Oder gab es über dieses Thema als Betroffener einfach nichts zu sagen?

Wer sein Todesurteil schwarz auf weiß erhalten hat, kann dieses Urteil keine Sekunde lang vergessen. Doch wer hätte das Gespräch darauf lenken sollen, das sich bemüht um Banalitäten drehte? Ich? Die Ehefrau, Tochter, Sohn oder der Betroffene selbst?

Zwei meiner Vorfahren waren ungewöhnlich alt geworden. Ein Urgroßvater der mütterlichen Linie hatte laut Ahnenpass das Alter von 94 Jahren erreicht. Wenige Tage vor seinem Tod hat er noch Äpfel gepflückt. Ich sehe ihn als schwarzen Schatten im Apfelbaum. Hinter dem Gehöft führte die »Kleinbahnlinie« vorbei, der Lokführer stoppte auf Handzeichen. Ich führe die Langlebigkeit dieses Vorfahren auf seine Lebensumstände zurück. Er war Bauer auf eigenem Gehöft. Der Hof lag auf fruchtbarem Marschland am Fluss Treene zwischen Schleswig und Friedrichstadt. Die Höfe waren noch keine Industriebetriebe. Man kannte noch keine Monokultur, sondern baute alles an, was man zum Leben benötigte oder verkaufen konnte. Die Bauern hielten Vieh und Geflügel, im Fluss waren Fischreusen ausgelegt, und von der Jagd wurde Wildbret heimgebracht. Ich stelle mir diesen Johannes als einen Menschen vor, der unter glücklichen Umständen lebte. Nur, in diesem Ahnenpass gibt es einen, der noch älter wurde, und zwar 104, und der war

Schuster von Beruf und wohnte in Erfte. Ich war noch nie in
Erfte. Wer war dieser Mann?

44

Es war kalt und neblig, und kurz nachdem wir aufgestanden waren, wurde es schon wieder dunkel. Ich hockte mit Cohn vor einer Kanne schwarzem Kaffee in seinem Loft. Ich weiß nicht, wer von uns beiden zuerst die geheimnisvollen Silben »An-ta-na-na-ri-vo« aussprach.

Auf jeden Fall waren wir uns sofort einig, dass das das richtige Ziel sei. »Nach Schwarzafrika, um abzumagern. Hoffnung auf absolute Bleichheit. Außerdem stechende Augen in der Nähe des Äquators«, dichtete Cohn. Er war um einiges schneller reisefertig als ich. Er war in Pelz gehüllt, darunter trug er ein Hemd, das mit dem Konterfei von Elvis Presley bedruckt als Signal für freiheitsdurstige Sowjetbürger dienen sollte, denn der Flug ging über Moskau und Odessa. An den Füßen hatte er spanische Armeestiefel, im Secondhandladen gekauft und von ihm selbst goldfarben eingesprayt. Auf seine Oberlippe hatte er mit feinem Strich ein Menjoubärtchen gemalt. In seinen Ohrläppchen funkelten rubinrote Steinchen. In der Hand hielt er einen Panasonic Recorder, von dem Eigenes dröhnte. »Schön schmutzige Musik«, freute er sich, als ich ihn zum Flughafen fuhr.

Zurück im Büro rief ich verschiedene Redaktionen an und erkundigte mich, ob Interesse an einem Reisebericht bestünde. Im Prinzip ja, hieß es, aber nur wenn der Bericht politischer Natur sei.

Politikern ging ich lieber aus dem Weg. Ich fand es ungesund, mich allzu sehr für Politik zu interessieren. Schon wenn ich das Wort »Politik« hörte, bekam ich schlechte Laune. Es bedeutete für mich Krawatte und das ungesunde, vergebliche Bemühen, es allen recht machen zu wollen.

Einer der Redakteure sagte, schicken Sie mir doch Ihre Erzählung, wenn Sie von Ihrer Reise zurück sind.

Vor meiner Abreise brauchte ich zumindest die Aussicht auf Einkünfte, denn ich besaß nicht wie Cohn eine Familie, die für Extravaganzen aufkam. Cohns Mutter, die selbst gern Künstlerin geworden wäre, steckte ihm immer wieder größere Beträge zu, wenngleich auch nicht unerwähnt bleiben soll, dass Cohn trotzdem ständig alle Konten überzog. Andererseits hatte er vom Filmhaus e.V. Fördergelder für eine Produktion erhalten, die seinem Exposé zufolge auf fünf Kontinenten gedreht werden sollte, ohne Drehbuch natürlich, weil das die spontane Kreativität einschränken und behindern würde. »Ich heule gegen jede Verwertbarkeit an…«, las ich auf einem Papier, das ich in der Küche zwischen alten Zeitungen fand. »… fürchte, am helllichten Tag umgebracht zu werden.«

Ein paar Tage später rief Cohn aus Antananarivo an: »So geil«, hörte ich ihn, »ich sitz hier im Colbert, dem besten Hotel der Stadt…«

»Und was machst du?«

»Ich kritzle idiotische Sachen aufs Papier. Ich glaub nicht, dass ich aus der Stadt rausgeh. Bring bitte Medinox, Nylons und Filmmaterial mit. Hab schon fast alles verdreht. Schick ein Telegramm, wann genau du ankommst.«

45

Die Tupolev erreichte Antananarivo gegen neun Uhr früh. Es mochte um die 25° sein. Über das Rollfeld wehte ein leichter Wind. Es würde ein schöner Tag werden. Begierig, C.C. Cohn wieder zu sehen, stürmte ich als erster die Flugzeugtreppe runter. Ich war auch der erste, der die Devisenerklärung ausgefüllt hatte und den Pass vorlegte. Man bedeutete mir, mich zu setzen und zu warten.

Das größte Kontingent im Flugzeug hatte aus Nordkoreanern in schwarzen Anzügen mit Kim-Il-Sung-Buttons am Revers bestanden. Nachts hatten sie ihre Jacketts abgelegt, die Schuhe ausgezogen und unter die Sitze geschoben und waren mit herabhängenden Hosenträgern im Gang hin- und hergelaufen. Madagaskar war eine Volksrepublik. Der Staatschef, ein ehemaliger Korvettenkapitän, hatte sich vor einigen Jahren an die Macht geputscht. Nach chinesischem Vorbild hatte auch er sein »kleines rotes Büchlein« verfasst, in dem er die Direktiven notierte und die guten Absichten für die Zukunft erklärte. Vielleicht ging es ja tatsächlich aufwärts. Im 19. Jahrhundert hatte es eine Königin auf Madagaskar gegeben, die sich ihrer Feinde auf besonders gemeine Art entledigte. Sie ließ ihnen das Rückenmark von ihrem Hofschlachter durchtrennen. Dann wurden die armen Kreaturen in Bananenblätter gewikkelt und in die Bäume gehängt, um zu verdursten.

Inzwischen waren alle Passagiere abgefertigt worden. Mit ihren Koffern verließen die letzten das Terminal in Richtung auf die davor wartenden Taxis.

»Ich muss mein Gepäck holen«, meldete ich mich.

»Machen wir.«

Ein Taxi brauchte ich auch nicht. Eskortiert von einem halben Dutzend Soldaten, die mich je nach Stimmung und Charakter aufmunternd bis abfällig musterten, stieg ich in einen weißen VW-Transporter, der seitlich am Gebäude wartete. Während der Fahrt schaute ich aus dem Wagenfenster. Ich sah viele Menschen zu Fuß unterwegs. Die Häuser waren aus Wellblech, manche auch aus Stein. Die Fassaden, verblichen gelb oder verwaschen weiß, konnten einen Anstrich gebrauchen. Doch wie überall im Sozialismus hielt man nicht viel von Wandfarbe. Weder bei Marx und Engels noch bei Lenin oder Mao fanden sich Abschnitte über die revolutionäre Bedeutung frischer Wandfarbe. Nach einer Weile erreichten wir einen Ort namens Ambohibao und stoppten vor einem modernen, zweistöckigen Verwaltungsbau, am Eingang zwei tiefschwarze Jungs in Kampfuniformen, Maschinenpistolen im Anschlag. Ich grüßte sie freundlich und wurde die breite Treppe hinauf in den ersten Stock geführt. Ein bebrillter, kleiner Mann schrieb meine Personalien in ein großes Buch. Neben seinem Tisch stand ein breites Bett mit einer schmutzigen, nackten Matratze.

Ein Weißer, etwa sechzig Jahre alt, wurde hereingeführt. Er steckte in einem ausgebeulten, hellen Anzug. Sein Kinn war unrasiert. Er war drahtig, hielt sich aber ein wenig gebückt. Er wirkte wie ein Trinker, der seit Tagen abstinent war.

»Sind Sie Franzose?«, fragte ich ihn.

»Ich bin Häftling«, erwiderte er. »Mein Name ist Hamel. Ich bin der Vertreter von Amnesty International. Arbeite schon seit vierzig Jahren als Anwalt in Antananarivo. Jetzt soll ich abgeschoben werden.«

»Nicht reden«, sagte der Beamte.

Der Kommissar, der mich verhörte, war Anfang vierzig und wirkte gebildet und kultiviert.

»Sind Sie Journalist?« fragte er mich.

»Kann man nicht sagen. Ich reise aus eigenem Antrieb und ohne Auftrag. Es gibt niemand, der mich im Voraus bezahlt. Möglich allerdings, dass ich meine Erlebnisse hinterher auswerten werde.«

Mein Gepäck wurde gebracht. Der Kommissar forderte mich auf, alles selbst auszupacken. Ich breitete die Sachen also auf dem Boden aus und zählte auf: Kleidungsstücke, Schlafsack, Rasierschaum, Kassettenrecorder, Malariatabletten, Schlaftabletten.

»Sie schlafen schlecht?«

»Manchmal, leider.«

»Moskitonetz, Nylonstrümpfe ...«

»Was wollen Sie denn mit so vielen Nylonstrümpfen?«

»Nein, die sind für Cohn. Ein Freund von mir, mit dem ich gemeinsam reisen will. Er ist schon vorgefahren. Er wollte, dass ich ihm Nylons mitbringe.«

»Sind beschlagnahmt.«

»Cohn wartet im Colbert auf mich. Er wird ganz schön sauer sein.«

»Wird er nicht. Wir haben ihn hier. Cohn sitzt da oben.«

Der Kommissar wies mit dem Zeigefinger zur Decke.

»Mein Gott, was hat er ausgefressen?«

»Er wurde ... sagen wir mal: auffällig.«

»Wundert mich gar nicht.«

»Kennen Sie ihn gut?«

»Er ist mein Freund. Er ist ein Künstler. Er hat in Deutschland drei Schallplatten veröffentlicht ...«

»Langspielplatten?«

»Ja, natürlich. Sie müssen wissen: Er benimmt sich manchmal ein bisschen extravagant. Il aime rigoler, vous comprenez? Er macht gern Spaß. Er hat diesen Drang, immerzu auffallen zu müssen. Er ist kein Umstürzler, sondern ein Dichter wie Arthur Rimbaud. Kennen Sie Arthur Rimbaud?«

»Oui, oui, on le connait«, meinte der Kommissar.

»Darf ich Cohn sehen?«

»Nein. Das ist verboten.«

Den Nachmittag verbrachte ich an einem Tisch im Treppenhaus, von einem Dunkelhäutigen mit Maschinenpistole bewacht. Monsieur Hamel wurde vorbeigeführt und verschwand in einem Zimmer. Die vielen kleinen Angestellten, Spitzel, die ich später in der Stadt wiedersehen sollte, huschten die Treppen hinunter und kamen mit Papptellern zurück, auf denen viel Reis und ein bisschen Huhn war.

Der Kommissar ließ anfragen, ob ich Hunger hätte. Ich verneinte das nicht. Er ließ aus einem französischen Restaurant in der Nähe eine Mahlzeit für mich holen. Mehrere Sorten Fleisch, Salate, tropische Früchte und eine Flasche Rosé. Zum Nachtisch Eis mit Crème Chantilly, süßen Kuchen und eine Kanne Espresso. »C'est Cohn qui paie«, erklärte der Kommissar, der nach einer Weile erschien. »Für Sie sieht es gut aus. Ich fahre gleich in die Stadt. Ich nehme Sie gern mit.«

Es hatte zu regnen begonnen, genauer gesagt, es goss. Die Straße führte über einen Damm. Die Felder zu beiden Seiten der Straße waren überschwemmt. Wasser, soweit das Auge reichte. Einige Männer angelten von Booten aus auf ihren überschwemmten Feldern. In der Vorstadt rumpelte der Wagen durch große Schlaglöcher. Ich sah Passanten dicht gedrängt auf beiden Seiten der Straße vor kleinen Läden und Marktständen.

Der Kommissar begleitete mich bis an die Rezeption des Hotel Colbert. »Hüten Sie sich vor Martinie«, meinte er zum Abschied: »Das ist ein Trinker.«

Morgens um zehn läutete das Telefon. »Hier ist Martinie. Ich komme dich gleich besuchen.« Kurz darauf klopfte es. Ein Mann in maßgeschneidertem Jackett und Designerjeans betrat das Zimmer. Er zog einen schwarzen Hut vom Kopf. Sein Schädel war kahl rasiert. »Verrückter Typ, dieser Cohn, wir hatten viel Spaß. Kennst du ihn schon lange? Gib mir eine Medinox!«

Ich gab ihm die Medinox.

»Ich fasse kurz zusammen, was passiert ist. Ein guter Freund von uns, Mamy, hat Cohn in der Stadt gesehen. Er war sehr beeindruckt. Ich hab Cohn dann auch gesprochen und ihn eingeladen, bei uns zu wohnen. Er wollte nicht. Das Hotel gefiel ihm. Er holte sich Nutten aufs Zimmer und wenn's ihm passte, schickte er sie wieder weg. Sie geben alle dem Geheimdienst Auskunft, sonst dürften sie im Colbert gar nicht anschaffen. Du bist hier auch nicht sicher. Der Geheimdienst kann dich jederzeit hopps nehmen. Deshalb möchte ich, dass du mit zu uns kommst!«

Martinie gefiel mir. Von seinem Wunsch, mich zu retten, obgleich ich mich eigentlich gar nicht bedroht fühlte, ging eine seltsame Dringlichkeit aus. Er hatte ein schönes Haus, fünfzehn Minuten vom Zentrum entfernt in einem Vorort namens Tsimbazaza. Martinie war ein Coopérant, einer dieser Lehrer und Techniker, die in den ehemaligen Kolonien eingesetzt wurden. Trinker war Martinie nicht. Es gab die übliche Ration an Wein zu den Mahlzeiten, und auch abends mangelte es nicht an Trinkbarem. Jean-Pierre Martinie war nicht nur freigiebig, sondern auch gastfreundlich. Zu seinen Dauergästen gehörte ein Pole, Nick la Jungle genannt, der »härteste Junge westlich von Bagdad«, wie Martinie mir stolz erklärte, sowie Mamy, ein Halbvietnamese, der ständig mit dem Nunchaku trainierte, einer Schlagwaffe aus zwei kräftigen Hölzern, die mit einer Stahlkette verbunden waren. Wer das an den Schädel bekam, war außer Gefecht gesetzt.

»Wir sind nicht reich, aber es ist genug da, um ein paar Leute gut leben zu lassen«, erklärte mein Gastgeber. Neben dem Kamin hatte er seine Musikanlage installiert, Material vom Feinsten, wie er stolz erklärte, und er besaß alles, was in der Rockgeschichte Namen und Bedeutung hatte. Martinie schoss ständig Polaroids. »Je suis un Polaroid artiste«, meinte er.

Obgleich es mit Gras und Rockmusik jede Nacht spät wurde, stand Martinie immer früh auf, selbst wenn er nicht zur Uni fuhr, um Mathematik zu unterrichten, was sowieso nur an zwei Vormittagen in der Woche der Fall war. Ich traf ihn im Garten hinter dem Haus an. Er hatte eine Lamba, einen bunten Wickelrock, um die Hüften geschlungen und begutachtete die Pflanzen. Pünktlich um eins gab es Mittagessen, von der Köchin zubereitet, französische Küche mit einheimischen Spezialitäten bereichert, Froschschenkel zum Beispiel, die mir sehr gut schmeckten.

46

Martinie, La Jungle, Mamy und dieser Reporter aus Allemagne
– was für ein seltsames Quartett, das in den Straßen von
Antananarivo unterwegs war. Nick hatte im Kragen meiner
Jacke das Mikrofon entdeckt. In der ersten Aufregung hielt
er mich für einen Spion, den der Staatsschutz in das Haus in
Tsimbazaza eingeschleust hatte. Martinie konnte ihn aber beru-
higen. Ich hatte ihm nämlich schon zuvor von diesem Mikrofon
im Kragen meiner Windjacke erzählt. Ich benutzte es für be-
rufliche Zwecke. Ich hatte auch ein kleines Aufnahmegerät von
Sony in die Jacke eingenäht. Es kam manchmal vor, erklärte ich
Martinie, der es sofort begriff, dass das Leben wie ein Roman
sei. Dann genüge es, das Gerät einzuschalten – und zack, der
Dialog war im Kasten. Hier benutzte ich es nicht. Ich benutzte
es eigentlich nur bei Leuten, deren Gegenwart nur erträglich
war, weil ich wusste, dass ich über sie schreiben würde.

Nick trug jetzt meine Jacke und meine Sonnenbrille. Stand
ihm gut. Mamy wedelte mit seinem Nunchaku, um mögliche
Angreifer abzuschrecken. Im Vorbeigehen flüsterten mir die
Spitzel auf der Straße zu: »Wir mögen keine Journalisten!«
Ging mir ganz genauso. Ich mochte auch keine Journalisten.

Martinie war extrem aufgebracht, weil die Leute vom
Staatsschutz in seine Privatsphäre eingedrungen waren. »Sie
haben solange im Gebüsch gelauert, bis ich zur Arbeit fuhr,
und erst dann haben sie sich ins Haus gewagt, diese Feiglinge!«
Das sagte Martinie jedem ins Gesicht, auch »Commando«, einem fetten glatzköpfigen Schwarzen, der im Hotel de Paris am

»Boulevard der Unabhängigkeit« saß und damit renommierte, dass er drei Apartments besäße.

Folgende Szene spielte sich im Pissoir des Hotel de France ab:

Martinie: »Es gibt eine alte madegassische Maxime: Wer deinen Gastfreund in deinem Haus angreift, den darfst du töten! Wir haben nichts Gesetzwidriges getan. Wir sind unschuldig. Ihr müsst Cohn freilassen!«

Commando: »Ich weiß auch ein Sprichwort. Man sieht den Hut. Den Slip sieht man nicht!«

Martinie: »Ich trag keinen Slip.«

Martinie trug die Jeans tatsächlich auf nackter Haut. Er war Mathematiklehrer an der Universität von Phnom Penh gewesen zur Zeit des Vietnamkrieges. Die Westlichen waren gekommen, um dem Osten ihre Werte zu überbringen – Freiheit, Demokratie und Eigennutz – und der Osten hatte sie als Süchtige zurückgeschickt. So fasste Martinie die Story zusammen. »Oder im Zinksarg«, fügte ich hinzu. Ich war kein Mann für Kriege.

In Tsimbazaza herrschte große Aufregung wegen Cohns Verhaftung. Die Aufregung steigerte sich beträchtlich, als ein Anzugträger mit einem Erste-Hilfe-Koffer erschien. Der Mann war Anästhesist im Krankenhaus. »Die leeren Ampullen bitte zurückgeben«, mahnte der Mediziner, »sie werden im Krankenhaus zur Kontrolle nachgezählt.« Kurz darauf, als der Arzt gegangen war, verschwanden alle im Badezimmer.

Ich blieb am Kamin sitzen, und nach einer Weile war Martinie als erster zurück und ließ sich neben mir in den Sessel sinken. Er schaute mich mit seinen tiefbraunen Augen an und fragte: »Liebst du mich?« Ich bejahte. Martinie lehnte sich befriedigt zurück.

»Hat Cohn auch gefixt?«, fragte ich ihn.

»Nein, er wollte nicht. Er hatte seine Medinox. Willst du mal probieren?«

»Eigentlich nicht. Was drückt ihr euch denn?«

»Palfium, ein Morphiumderivat. Hält Krebskranke im Endstadium schmerzfrei. Für einen gesunden Organismus ist eine Injektion die größte Lust, die auf Erden existiert. Du wirst kein Sexualleben mehr haben.« Das klang zwar interessant, lockte mich aber nicht wirklich.

»La Jungle hat sich neulich die Wochenration eines Sterbenden an einem Tag verabreicht. Wir mussten das Grundstück des Nachbarn nach leeren Ampullen absuchen. Dieser Idiot hatte sie einfach über die Mauer geworfen. Willst du auch mal probieren?«

»Na gut, meinetwegen.«

Schon Cohns Medinox waren nicht mein Fall gewesen. Unter diesem Barbiturat war ich binnen kurzem so diskoordiniert, dass ich kaum noch einen Buchstaben auf der Schreibmaschine richtig traf. Ich reihte kaum klassifizierbare Wortmissgeburten auf dem Papier aneinander. Mamy kam aus dem Badezimmer zurück, gefolgt von La Jungle mit glasigem Blick. »Setz ihm auch einen Schuss«, sagte Martinie zu Mamy. »Tut mir leid, nix mehr da!«

47

Cohn hatte im Hause Martinie Kultstatus. Das Cover seines letzten Albums »Einsam Weiss Boys« zierte den Kaminsims. Es war Mamy, der mich schließlich aufklärte, wie es zu Cohns Verhaftung gekommen war.

Dessen auffälliges Äußeres, sein verdächtiger Söldnerlook hatte in der Stadt schon für Aufsehen gesorgt, auch wenn die Armeejacke zerfetzt und die Soldatenstiefel golden gesprayt waren. In diesem Aufzug, Kohle ins schwindende Haupthaar geschmiert, war er nachts in den Straßen um das Colbert unterwegs. Im Colbert arbeiten die hübschesten kleinen Schlampen der ganzen Insel. Allerdings dürften sie kaum etwas Verdächtiges über diesen seltsamen Germanen zu Protokoll gegeben haben, außer dass er ständig Tabletten schluckte, dazu jede Menge Kaffee trank und wie ein Besessener auf seiner Reiseschreibmaschine herumhackte. Daran war noch nichts Verbotenes. Medikamentenmissbrauch ist in den Tropen kein Straftatbestand, sondern ein Beweis für Vitalität.

Trotzdem fragten sich die Spitzel, die überall in der Stadt herumspazierten, weiterhin, welcher Armee dieser seltsame Fremde wohl angehören mochte?

»Ich bin aber überzeugt, dass man ihn in Ruhe gelassen hätte, denn das Operettenhafte seines Aufzugs war kaum zu übersehen«, erklärte Mamy, »aber Cohn musste ja unbedingt noch eins draufsetzen. Du musst wissen, wir befinden uns momentan in einer speziellen, sehr angespannten Lage, seitdem drei mit Maschinengewehren ausgerüstete Südafrikaner festgenommen worden sind, die angeblich einen Staatsstreich planten. Sie wurden im Norden am Strand von Nosy Bé erwischt von den Komoren kommend, so stand es in der Presse. Die Behörden schließen nicht aus, dass sich noch weitere gekaufte Killer im Land herumtreiben. Der Präsident schläft jede Nacht in einer anderen Villa. Er ist voll auf Paranoia wie auch all seine in höchste Alarmbereitschaft versetzten Leute. In dieser hypernervösen Atmosphäre erscheint Cohn eines Nachts im Kaléidoscope, Cowboygürtel um die Hüften geschlungen. Der Club ist zur Hälfte mit Ministern, hohen Beamten und Staatsschutzleuten gefüllt. Cohn tanzt im Medinoxrausch unter den Augen aller Anwesenden, und plötzlich zieht er seine Revolver und ballert in die Luft! Ich wäre fast in Ohnmacht gefallen vor Schreck. Sie hätten Cohn auf der Stelle umpusten können, doch Martinie zog ihn geistesgegenwärtig beiseite und bedeutete ihm, dass sofortiger Rückzug nötig sei.«

»Es wundert mich«, fuhr der Halbvietnamese fort, »dass er nicht sofort, sondern erst am nächsten Morgen verhaftet worden ist. Gut, es waren nur Spielzeugrevolver, aber woher sollte man das wissen, zumal sie wie echte aussahen? Jetzt aber, nach seiner an sich unsinnigen Festnahme, darüber hinwegzusehen, würde für die Sicherheitsorgane bedeuten, das Gesicht zu verlieren! Cohn hat schlechte Karten. Ich glaub aber nicht, dass sie ihm was tun, das Gerücht von dem Todesurteil gegen ihn ist als Warnung gedacht.«

Martinie versuchte weiterhin alles Menschenmögliche, um seinen Gast freizubekommen. »Warum verhaftet ihr nicht mich?«, fragte er. »Wenn Cohn ein Verschwörer ist, muss ich ja wohl sein Komplize sein.«

Während Martinie mit den Beamten der Staatssicherheit verhandelte, stieg La Jungle aus dem Auto, der vor dem Gebäude parkte, stiefelte die Treppe hinauf und verschwand in den Toiletten des Staatsschutzes, um sich dort einen Druck zu setzen.

Er wollte niemand damit provozieren, es bekam ja auch keiner mit. La Jungle konnte nur nicht abwarten. Alle Beschwerden, Beschwörungen und Drohungen des Mathematikprofessors nützten nichts. Cohn wurde morgens um sechs in eine Maschine der Air France gesetzt und nach Paris abgeschoben.

48

Diese Story wurde von dem Redakteur gekauft, der mir bei meiner Abreise vorgeschlagen hatte, ihm doch das Manuskript zu schicken, wenn ich zurück sei. Der Mann gehörte zu der kleinen Schar von Redakteuren, die sich mehr für Literatur als für Journalismus interessierten. Er sagte von da an häufig, dass ich sein bester Mann sei. Ich überhörte das, nahm es aber gern zur Kenntnis.

Es war einige Jahre später in einem alten Hotelzimmer in Südfrankreich. Von der langen Anreise ermüdet, schaltete ich das Radio ein, um vertraute Stimmen wie Jacques Brel, Jean Ferrat oder George Brassens zu hören, die mir ein heimatliches Gefühl gaben, das bis tief in die Vergangenheit zurückreichte.

Statt Musik lief eine mit ungewohnten Tönen unterlegte Wortsendung, seltsame, fremdartige Geschichten in einem intimen Tonfall vorgetragen. Ich hörte eine Weile zu, und es gefiel mir. Ich war mir zwar nicht ganz sicher, aber es schien sich um Träume zu handeln, die hier, nur von Klangcollagen unterbrochen und voneinander abgesetzt, erzählt wurden. Das brachte mich auf die Idee, eine Radiosendung zu machen, die nur aus erzählten Träumen bestand.

Ich fand heraus, dass es sehr begabte Erzähler der eigenen Träume gibt. Alfred zum Beispiel. Alfred war in Begleitung dreier mächtiger Androiden von drei Metern Körpergröße und mehreren Zentnern Lebendgewicht in einem altmodischen Fahrstuhl nach oben gefahren – in Richtung auf einen Ort, wo etwas Entscheidendes passieren sollte. Die riesigen Androiden wollten ihn zwingen, gewisse Pillen einzunehmen, wogegen

Alfred sich erfolgreich zur Wehr setzte. Alfred wollte keine Pillen nehmen. In einem anderen Traum schwamm er in der Weser, einem trüben, alten Fluss, und er wurde von großen, unangenehmen Fischleibern hin und her gestoßen.

Diese Träume sprachen Bände, aber ich deutete sie nicht. An Deutungen lag mir nichts, ich wollte nur die Träume selbst. Wir leiden an einem Übermaß an Erklärungen. Alles ist bekannt und kartografiert.

Auch Max, das Mädchen, das als Rimbaud mit C.C. Cohn in der Markthalle aufgetreten war, erzählte mir einen schönen, beängstigenden Traum, in dem sie an Händen und Füßen gefesselt dagelegen hätte, unfähig, sich einen Millimeter zu bewegen. Solche Träume hatte Rimbaud vermutlich auch gehabt, als er »Une saison en enfer« dichtete.

Ich selber steuerte eine Traumerzählung bei, die ich mit achtundzwanzig Jahren erlebt hatte und die ich besonders liebte. Sie war von einem Aufenthalt am Meer inspiriert. Das Meer schwemmte in Ufernähe Teilchen aus Holz, Schaum und Blättern an, und dieses Angespülte lud mich dazu ein, das Wasser zu besteigen und auf der Wasseroberfläche herumzulaufen. Ich lief also ganz locker auf der Wasseroberfläche herum und fand das auch sehr schön, und während ich da herumlief, hörte ich das Geschrei der badenden Kinder am Strand, und dann bekam auch ich Lust, zu baden, nur es war leider unmöglich: Ich kam von der Wasseroberfläche nicht wieder herunter.

In diesen Tagen traf ich Christoph von Derschau am Eppendorfer Weg, und ich bat ihn, einen Traum beizusteuern. »Ich fahre übers Wochenende nach Sylt«, sagte er. »Ruf mich Anfang der Woche an. Ich werde mir einen Traum ausdenken.«

Dieser dumme Derschau, dachte ich, wie kann er nur glauben, dass er sich Träume ausdenken kann. Trotzdem rief ich ihn an, weil ich es versprochen hatte und auch in der Hoffnung, dass er es sich anders überlegt hätte und mir einen geträumten Traum erzählen würde.

»Christoph ist gestern gestorben«, sagte mir seine Frau. Ich war verblüfft, weil ich ihn vor drei Tagen noch bei guter Gesundheit vor mir gesehen hatte. Außerdem absolvierte er Marathonläufe, unter anderem den New-York-Marathon. Weder Bukowski noch Patti Smith wollten mitmachen, und Mick Jagger hatte keine Zeit und hielt Marathon für eine dumme Idee. Ja, sagte Derschaus Frau, Christoph habe sich auf der Insel Sylt einen Virus zugezogen. In Eile nach Hamburg transportiert und dort von Krankenhaus zu Krankenhaus verlegt, habe niemand ihm helfen können. Letztlich, dachte ich in diesem Moment, hat er sich seinen frühen Tod zugezogen, weil er so hochnäsig gewesen ist zu glauben, dass er sich Träume ausdenken könne. Niemand kann das. Aber dass er wegen dieser Verfehlung zugrunde ging, ist natürlich auch Quatsch und nur ein Versuch, das Unerklärliche zu erklären.

Ein früher Tod hat auch seine Vorteile. Sehr viel mehr junge Menschen erscheinen zu deiner Beerdigung, als wenn du erst im hohen Alter stirbst. Derschaus Arbeitskollegen des unseligen Verlages Gruner und Jahr bekamen einen halben Tag frei. Ein Doppeldeckerbus wurde gechartert, um alle Kollegen zur Kirche zu fahren. Freunde und Verwandte lasen am Ende der kirchlichen Andacht Gedichte des zu früh Verstorbenen. Und siehe da: Es waren sehr schöne Gedichte, die sich gut für diesen Anlass eigneten. Insofern hatte Derschau sein Ziel erreicht, obgleich es natürlich nicht sein Ziel gewesen sein kann. Wer schreibt schon Gedichte für die eigene Beerdigung?

Dann wurde der Sarg unter Glockenläuten hinausgetragen. Es war ein schöner, sonniger Frühherbsttag, einige Blätter an den Bäumen waren schon gelb und rot gefärbt. Am Grab erschienen mehrere junge Frauen und warfen Erde auf den Sarg. Karen in ihrem hübschen Taftkleid, das ihre Figur betonte. Maya, bleich geschminkt und mit blutroten Lippen. Ihre schmale Hand umklammerte die kleine Schaufel. Leider fehlte sie beim darauffolgenden Umtrunk. Es hieß, dass sie mit dem Trinken aufgehört habe. Ich sah noch, wie sie in eine Limousine mit dunklen Scheiben stieg, die draußen an der Friedhofsmauer gewartet hatte.

Umschlaggestaltung: Walter Hartmann
Die Coverfotografie ist einer Postkarte des Anco-Verlags entnommen,
der Rechteinhaber ließ sich nicht mehr feststellen. Der Verlag ist gern
bereit, rechtmäßige Ansprüche abzugelten.
Fotografie der Umschlagrückseite: Daniel Dubbe

Bibliografische Information der Deutschen Nationalbibliothek:
Die Deutsche Nationalbibliothek verzeichnet diese Publikation
in der Deutschen Nationalbibliografie; detaillierte bibliografische
Daten sind im Internet über http://dnb.d-nb.de abrufbar.

Gedruckt auf säurefreiem, alterungsbeständigem Werkdruckpapier
Printed in Germany

© 2011 MaroVerlag, Augsburg
Satz: Anne Milachowski
Gesamtherstellung: MaroDruck
1. Auflage
ISBN 978-3-87512-293-0